風雲時代

Username
Password
sign in
首席駭客
2
終極密碼
銀河九天
著

Contents 目錄

第一章 踏雪無痕 5
第二章 南帝東邪 25
第三章 駭客教父 47
第四章 吳越霸王 67
第五章 終極密碼 87
第六章 請君入甕 109
第七章 囊中之物 127
第八章 葫蘆裏的藥 151
第九章 約法三章 171
第十章 最強病毒 187
第十一章 後起之秀 215
第十二章 反恐演習 235
第十三章 一四〇部隊 257
第十四章 防火牆 277
第十五章 城市風暴 297

第一章　踏雪無痕

走到電腦前，劉嘯把電腦螢幕點亮，發現是自己設計的報警器在報警，於是點開詳細資訊，發現有一個ＩＰ正在入侵自己的電腦。劉嘯苦笑著搖搖頭，趕緊打開ＱＱ上線，找到「踏雪無痕」的頭像，就發了一條消息過去。

晚上回到自己的房間，劉嘯覺得腦子很累很亂，直接往床上一倒，他想，睡著了就不會這麼煩了，可又怎麼也睡不著，大概是因為之前睡太多了的緣故。

也不知道躺了多久，劉嘯迷迷糊糊之間，似乎聽見自己的電腦在叫喚，極其不願意地爬了起來。

走到電腦前，劉嘯把電腦螢幕點亮，發現是自己設計的報警器在報警，於是點開詳細資訊，發現有一個ＩＰ正在入侵自己的電腦。

劉嘯苦笑著搖搖頭，趕緊打開ＱＱ上線，找到「踏雪無痕」的頭像，就發了一條消息過去：「師父，我已經很倒楣了，剛被別人打擊了一番，你就不要再來打擊我了！」

踏雪無痕的頭像亮了起來，「你小子很厲害嘛，這麼快就發現了我！」

踏雪無痕之所以這麼說，是因為他剛才用的攻擊方法，正是上次成功佔領劉嘯電腦的方法，他這次一出手就被發現了，這說明劉嘯已經解出了上次的資料包，知道自己是怎麼進來的了，有了防範。

劉嘯捏著發痛的額頭，他現在真的沒有心情和踏雪無痕過招，而且，他現在的狀態差到了極點，比試也比試不出什麼東西來。

踏雪無痕的消息又發了過來：「你被人打擊了？怎麼一回事，快說說，你小子不會是受了感情打擊吧？哈哈！」

劉嘯回了一句，「要是感情打擊倒好了！」

踏雪無痕就有些納悶了，「那會是什麼打擊呢？難道你上次說的那個面試還沒通過？」

劉嘯不知道這事該怎麼跟踏雪無痕說，想了半天，才道：「軟盟的面試過了，不過我沒去上班。」

踏雪無痕越看越糊塗，「你小子倒是把話說清楚啊，那你現在去幹什麼了，又怎麼個被人打擊了？」

劉嘯只好把自己是怎麼被張春生強留下來，和邪劍做了對手，後來又是怎麼跟軟盟合作，最後卻被邪劍給羞辱的事情簡單地向踏雪無痕說了一遍。

踏雪無痕發過來一個驚訝的表情，不知道他是驚訝劉嘯這幾個月竟然會發生如此奇特的事情，還是驚訝邪劍竟會是這樣的一個人。

劉嘯回了一個鬱悶的表情，「我現在都快頭疼死了，生平第一次感到束手無策，心裏很不甘，但又拿不出什麼好的對策來。」

踏雪無痕發來個很不屑的表情，「我以為是多大的事情呢！以你那半吊子的水準，我看你也設計不出什麼好的系統來，那邪劍真是瞎了眼，這種白送我我都不會要的方案，他竟然都能盯上，真是笑死我了，看來那個邪劍不過是徒有虛名罷了。」

看踏雪無痕的口氣，似乎聽說過邪劍的名號，但從未打過交道。

劉嘯更鬱悶了，「師父，你就不要開我的玩笑了！」

「好好好！」踏雪無痕發過來一個很誇張的笑容，「你小子也別鬱悶了，既然你叫了我這麼久的師父，那這事我就替你做主了，回頭我幫你聯繫一家好的公司，保證設計出的東西是超一流的。」

劉嘯有點難以接受，畢竟自己努力了這麼久，現在突然讓自己放手，他很難做到，有些不甘心。

「你小子趕緊從這個事裏撤身吧，別浪費了自己的駭客天賦，我還等著你有超過我的一天呢。」

劉嘯頓醒，踏雪無痕這是在幫自己脫身，於是回了消息過去，「謝謝師父了，不過，我既然把這事攬了過來，就算放手，我也想親自負責把這事做完。」

「隨便你啦！」踏雪無痕懶得和劉嘯糾纏這些細節，他總覺得劉嘯有些固執，便道：「我得閃了，回頭我聯繫好公司，就讓那公司的人去找你。」

劉嘯趕緊回覆：「師父早點休息！」

等了半天不見回覆，踏雪無痕的頭像暗了下去，他說走就走，還真是乾脆。嘆了口氣，劉嘯關掉ＱＱ，回頭看桌面，眼睛卻直了起來，不知何時，桌面上又被放了一面小小軍旗，「佔領！」

劉嘯苦笑，自己到底還是沒能逃過踏雪無痕的打擊，看來今天晚上自己肯定是睡不著了。

藍勝華回到海城之後便沒了消息，張春生最近也不再催促劉嘯了，張氏的網路事業部曾經是整個公司最忙碌的部門，現在算是徹底歇了下來，作為部門主管的劉嘯也只是每天來點個卯而已。搞得公司上下都納了悶，難道這次網路還沒搬進公司就又被總裁給否決了？

公司的員工不禁有些失望，之前劉嘯來找他們聽取意見、熟悉業務，給他們描繪裝配了企業系統後的張氏前景，曾讓他們激動不已，天天就盼著這個系統能早日開工，現在看來，他們是白高興了一場。

此時此刻，張氏父女還有劉嘯，三人正端坐在甲板上，各自面前插著一根魚竿。天氣很好，張春生難得忙裏偷閒，跑出來海釣，順便把張小花和劉嘯也拉出來陪自己，反正這兩人也沒什麼事情做。

張小花屬於沒有耐性的那種，隔一會就要把魚竿拉起，看有沒有魚咬鉤，就再垂下，反覆了幾次，一條也沒釣到。

張春生氣穩神定，笑咪咪地躺在椅子上，一邊留意著魚竿的變化，「劉嘯，出來釣魚，就不要想那麼多，你都快把魚愁死了。」

劉嘯笑笑，其實他最近已經想開了，可是張春生老怕他心裏還有什麼想法憋著，時不時總要找機會來勸導一下，他這一勸說，就要提起那事，反而會再次把劉嘯搞鬱悶。劉嘯趕緊打斷他的話匣子，道：

「張伯，你不要老把我看得那麼軟弱，其實我還是很能抗壓的。」

劉嘯說完，學著張春生的模樣，也一副放鬆的姿態躺在椅子裏。其實劉嘯是第一次海釣，目前為止也是一條也沒釣到。

「就是就是，不要老提那事了，我都聽煩了！」張小花再次把魚鉤甩出，悶悶道：「那些該死的魚都跑哪裡去了。」

劉嘯一聽樂了，心想張小花這話說得真是經典，也只有該死了的魚才會來咬鉤，不該死的魚又怎麼會來咬鉤呢，想不到張小花平時看似無腦，竟然一出口就是真理。

張小花反覆幾次沒釣上來魚，本來就有些氣悶，看劉嘯在笑自己，就更加生氣了，怒道：「笑什麼笑，再笑，姑奶奶把你扔下去再釣上來！」

劉嘯趕緊收起笑容，轉向張春生，「張伯，最近你發現沒有，廖氏鬧得很大啊！」

「哦？」張春生不知道劉嘯指的是什麼，「他們在鬧什麼？」

「現在不僅僅是封明市，我見很多省內的報紙，還有一些全國性的雜誌，都在報導廖氏的那個企業決策系統。」

「這有什麼好奇怪的，他老廖哪次不這樣，到處說著要讓別人低調，他自己一有個屁大的事，就到處宣揚，生怕別人不知道他能。」

張春生提起這個就有些不屑，朝甲板啐了一口。

張小花皺了皺眉，「老爸，說你多少次了，注意點文明好不好，你現在是企業家，形象很重要的！」

張春生只當沒聽見，繼續啐了一口。張小花氣極，轉頭去盯魚竿，不再搭理張春生。

劉嘯笑笑，繼續剛才的話題，「這次好像不一樣了，他們的報導裏面，除了宣傳自己的系統，提升一下企業形象之外，更多地是在宣傳邪劍，說邪劍是多麼多麼厲害，簡直成了中國的比爾・蓋茲和凱文・米特尼克。」

「比爾・蓋茲我知道，那個什麼尼克的，他是什麼人？」張春生急忙問道。

「凱文・米特尼克！」劉嘯又重複了一遍，「這人很厲害，公認的世界頭號駭客，十八歲就曾入侵過美國的北美防務指揮中心和中情局。」

「了不得！了不得！」張春生連連咂舌，自己只有在電影裏聽說過中情局，沒想到那麼厲害的地方也被人搞定了，「那老廖不是在吹牛嘛，我就不信，那個邪劍他能富過比爾・蓋茨？他能厲害過那個……那個什麼尼克？」

「比不比得過暫且不說，我只是說這個事有點奇怪。」

「有什麼奇怪的？」張春生不以為然，「換了我，我比他更能吹，還比他吹得有水準。」

劉嘯呵呵笑道：「你先別著急，等我說完，不光如此，我看最近網上也在瘋狂地炒作邪劍，雖然邪劍很厲害，但他已經消失很多年了，許多人甚至都不知道他，現在他的名字已經被吵得這個圈裏人人皆知、如雷貫耳了。」

張春生琢磨了一會兒，「那你認為有什麼奇怪的地方？」

「說不好啊！」劉嘯看著無邊無際的海，「我總覺得他們在這個系統之後，還會有什麼項目跟進，而且這個項目肯定會跟邪劍有關，否則廖氏那麼賣力捧一個外人幹什麼，直接捧那個廖成凱多好啊！」

「唔！你說的也有道理！」張春生點了點頭，「廖正生這隻老王八最近都快成了精了，我是越來越把不準他的脈了。」

張春生凝眉沉思，他也在思索劉嘯的這個疑問，他不關心廖正生的下一步動作是不是和邪劍有關，他在乎的是廖正生的動作會對張氏產生什麼影響。

「對了！」張小花終於發現自己沒有釣魚的天賦，把魚竿一扔，看著劉嘯，「別老提那個邪劍好不好，我一聽就煩。」

劉嘯語悶，他還答應過張小花要為她報仇，可現在張小花的仇還沒報，自己又和邪劍添了新仇，真不知道自己什麼時候才能痛痛快快地擊敗邪劍一次。如果說以前自己對這位駭客前輩還有一絲的尊重，事到如今，自己就只有仇恨和對邪劍的不齒了。

劉嘯嘆了口氣，對張小花道：「你放心吧，我會打敗他的，他現在是得意了，但笑到最後的卻不一定是他。」

「對對！」張春生終於想起了話題的開頭，「你小子能這麼想就對了，可不能再像上次那樣了。」

「神啊！」劉嘯撫著額頭，這張春生又要開始了。

張小花更絕，直接站了起來，拿起魚竿，「我去那邊看看，魚大概都在那邊，劉嘯，你要不要也換個地方啊？」

「好啊好啊！」劉嘯趕緊收了魚竿，「我也覺得這邊沒什麼魚！」起身就去追張小花。

「怎麼會！」張春生大喊，「你們根本就不會釣魚，你看我這一會兒釣多少了？你們不聽我的，肯定釣不上來！」

張春生越這麼喊，那兩人卻跑得越快。

三人一直釣到夕陽西斜，這才啟程回航。

回到封明，張春生就安排酒店的大廚開始烹製，然後三人各自去換衣服。

剛上得樓來，劉嘯的助手就過來敲開劉嘯的房門，「劉頭，今天有人來找你，說是你師父介紹來的。」

「我師父？」劉嘯先是一愣，隨即醒悟過來，應該是踏雪無痕給自己找的做企業系統的公司吧，就趕緊問道：「那人呢？」

「等不到你，我打你電話也打不通，只好暫時把他安排在咱們的酒店裏了。」

劉嘯連連道好，「在哪個房間？我這就過去！」

「你跟我來吧。」助手忙在前面帶路，「我剛從他房間出來，到你這裏碰碰運氣，看你回來沒有。」

劉嘯也顧不上換衣服了，跟在助手後面就出了門。

助手帶著劉嘯直奔十五樓而去，張氏經常會把自己的客戶安排在這一層。

來到一個房間門口，助手開始按門鈴，很快門就開了，裏面的人很客氣，「你還有什麼事嗎？請進！」

助手連忙把劉嘯讓到門口，「文先生，這位就是我們張氏的網路事業部經理，劉嘯劉經理。」

那人把門完全讓開，是個長相很斯文的人，大概三十歲出頭，道：「都請進吧，進來再說。」

劉嘯跟助手進屋，三人一番客氣，各自坐定，劉嘯就問道：「請問文先生是在哪裡高就？」

「我叫文清，這是我的名片！」

文清從桌上抽出一張名片，遞到劉嘯的跟前。

劉嘯趕緊接了，拿起來一看，「OTE軟體中國分部，文清」，上面連個職務都沒有，劉嘯很納悶，既然能到中國設立分部，那這公司總部應該有些實力才對，可劉嘯把所有國際上有實力的公司想了一遍，也沒想到任何和OTE沾邊的公司。

文清似乎看出了劉嘯的疑慮，道：「我們OTE軟體基本是不接企業決策系統這樣的小案子，不過你放心，這次張氏的項目，是我們總部親自下的命令，案子雖小，但我們中國分部一定會盡全力做好的。」

看來文清是會錯了意。

劉嘯更疑惑了，這人的口氣也太大了，張氏的項目難道是個小項目嗎，如果這也算小項目，那比這大的項目，大概也只有跨國企業的系統了，但如果OTE真是做跨國企業的系統，那它應該更有名氣才對，怎麼會籍籍無名呢，難道說那些跨國企業的系統也是小案子嗎？

文清繼續說道：「這次公司派我來，主要是先和張氏接觸一下，瞭解一下你們的對於新系統的功能要求，等一切確定下來，公司就會派技術隊伍過來。」

劉嘯連連搖頭，打斷了文清了的話，「我能不能冒昧地問一句，貴公司之前都曾做過哪些項目，能不能簡單地提幾個？」

文清一愣，這才反應過來劉嘯不是擔心OTE不盡力，而是對OTE的實力有些懷疑，不過他沒有舉案例，只笑呵呵地說道：

「我不知道你的師父是誰，不過你師父既然能找到我們OTE的總部，難道他沒有給你介紹過我們OTE嗎？換句話說，難道你連你的師父也信不過嗎？」

劉嘯汗顏，自己對OTE的懷疑確實是有點不應該，踏雪無痕那麼厲害的人，他既然答應了要幫自己，就應該不會介紹什麼差的公司來，劉嘯把名片收起，「文先生批評得對，我確實是有些多慮了，既然是我師父介紹過來，那肯定是絕頂一流的公司。」

文清笑笑，「這也不能怪你，即便是我，在進入OTE之前，我也不知道OTE是個什麼公司。我們做項目的，還是應該謹慎為好，你有這方面的懷疑，也是情理之中的。」

「慚愧慚愧！」劉嘯自謙。

「那劉經理看，我們是現在就開始談呢，還是另外約個時間談？」文清頓了頓，「我的意思是，能儘快定下就儘快定下，我們剛好有個項目馬上要結束，這樣就有高手會空了下來，如果晚了，等下個項目排上來，怕是我們在人手上就不好安排了。」

「那我們現在就談吧！」劉嘯也喜歡快人快語，對助手道：「你去我的辦公室，把我們之前的那份方案拿過來。」

劉嘯的助手還沒出門，張春生的電話就追了過來。

「劉嘯你在幹什麼呢，換個衣服怎麼磨磨蹭蹭的，我們這邊飯菜都做好了，就等你了，趕緊過來！」

劉嘯一拍腦門，自己怎麼把這事給忘了，對張春生連說幾句「就來就來！」掛了電話，劉嘯對助手和文清道：「這樣吧，我們先去吃飯，剛好我們張氏的總裁也在，我給你引見一下。」

助手連連推辭，起身準備要走，被劉嘯給拉住了，文清卻只是客氣了一下就答應了，他覺得見見張氏的總裁也好，正好交流一下意見，也省得日後案子裏出什麼問題，畢竟張春生才是出錢的大爺。

張春生看劉嘯進來，後面還跟著兩人，有些納悶，正要詢問，劉嘯就開了口：「張伯，我給你帶來一個天大的好消息！」

張春生奇道：「什麼好消息？說說看。」

劉嘯把文清往前一讓，「我先給你介紹一下，這位是ＯＴＥ軟體中國分部的文清先生。」

張春生站了起來，雖然不知道劉嘯為什麼給自己介紹這人，但還是很友好地伸出手，笑道：「文先生你好，鄙人張春生！」

「久仰張總裁大名，幸會幸會！」

劉嘯繼續說道：「就是上次我跟你提過的事，我們張氏的企業決策系統，我準備就交給ＯＴＥ來做了。這次文清先生過來，就是想和我們先接觸一下，瞭解一下項目的大概要求。文先生來的時候，剛好我們都不在，幸虧我的助手把文先生留下了，我覺得這是個好消息，就直接把他們都帶了過來。」

張春生連連道好，「來，來，大家都先坐吧！」

等文清坐好，張春生又道：「文先生，我們張氏的系統就拜託給你了。你不知道啊，這個事情最近都快把我給愁死了，還好劉嘯給我透了消息，說他一定能請來高人，我左等右等，今天可算是把你這高人給盼來了，哈哈。」

「不敢當，不敢當，我們會盡全力來做的。」文清頓了一下，「我這次來，主要就是想聽聽張總裁對於這個系統有什麼要求，我們好根據您的要求來安排具體事宜。」

「要求？」張春生連連搖頭，「我是個大老粗，對於這種高科技可不敢提什麼要求。劉嘯懂這個，你和他談，只要你們認為行的，我就沒意見。」

劉嘯笑笑，對文清道：「其實我們張總裁是有一個要求的，那就是我們的系統一定要超過廖氏的系統。」

「對對對！」張春生拍著大腿，「我就這一個要求，只要能做到這條，我老張全力支持，要錢出錢，要人出人。」

文清一愣，「廖氏？」他不知道廖氏指的是誰。

劉嘯笑道：「來，大家先吃飯吧，等吃完飯，我再跟你細談。」

「對，先吃飯，先吃飯！」張春生拿起筷子，「大家都嘗嘗吧，這些都是我今天親手釣上來的。」

張小花很不滿，「明明有一條是我釣的！」

眾人大笑，一頓飯吃得賓主皆歡。

吃完飯回到房間，文清就問劉嘯：「你們剛才說的那個廖氏是怎麼回事？」

劉嘯苦著臉笑笑，「廖氏是我們張氏的一個競爭對手，這次他們請了國內的駭客高手邪劍來負責他們的系統設計，可惜……」

劉嘯說到這裏搖了搖頭，對於邪劍的行為，他有些不齒再說。

「可惜什麼？」文清見劉嘯沒了下文，覺得很奇怪。

劉嘯打發助手去辦公室拿那份系統設計，自己則簡單地把自己如何麻痹邪劍，邪劍又如何來羞辱自己的事情說了，末了道：

「我真沒想到邪劍竟會是如此偏激的人，這次的事情對我打擊很大，事出之後，我師父答應幫我找一家好的軟體企業來做這個項目。畢竟我的專業不是系統設計，做這個也確實吃力，之前的那份系統我已經是盡了自己最大的能力，短時間不可能再設計出更完善的了，而且我也不想再把精力耗在這方面。」

文清這才知道了事情的內幕，有點意外道：「邪劍的名字我也聽過的，真沒想到一個駭客界的前輩竟然會做出這種事情，太令人惋惜了。」

劉嘯擺了擺手，「以前的事情就不提了，現在這個項目我就拜託給你了！」

文清笑笑，「放心吧，這是我們的專業，如果我們這些專業的做出來的系統還比不上你，那我們真該退位讓賢了。」

正說著，助手拿了系統設計資料走了進來，劉嘯接過來，遞到文清手中，「這就是我之前設計的資料，你先看看，之後有什麼具體的問題我們再商量，你看行吧？」

「也好，我先看看，這也算是瞭解對手的情況吧。」文清哈哈笑著，他覺得這件事情實在太搞笑了，也不知道這算是超過對手，還是超過自己。

劉嘯苦笑，站起身來，「時候也不早了，那我就不打擾你休息了，如果有什麼事情，你可以直接來辦公室找我。」

文清也不挽留，道：「行，我看完就給你消息。」

第二章　南帝東邪

「那時候，國內有人給駭客圈排資論輩，我和邪劍幾個都被人給起了個外號，我叫南帝，邪劍叫東邪，還有一個黃星，他是中神通；其實這個圈子也就這麼大，我們幾個的私交都非常地好，還組織了一個駭客論壇。」

第二天早上，劉嘯的助手又送進來一份東西，劉嘯拿起來看，是一份請柬，邀請人居然是廖氏的邪劍。

劉嘯有些意外，再看請柬的內容，「茲訂於廿九號在正生大酒店舉行廖氏網路新項目的啟動儀式，敬請劉先生到場。」

「果然是有新的舉動！」劉嘯也坐不住了，拿著請柬就去找張春生。

一進張春生的辦公室，劉嘯有些驚訝，廖正生竟然也在，此刻正和張春生談笑風生，劉嘯眉頭一皺，就準備撤身走人。

誰知廖正生的眼力很好，已經看見了劉嘯，起身問道：「這不是你們張氏的網路事業部的劉經理嗎？」

劉嘯點一下頭，道：「不好意思，我一會兒再來。」

「不用不用！我沒有什麼事情，過來就是看看老朋友，順便來問問你們企業系統的設立進度。」廖正生笑著看劉嘯，「劉經理談的肯定都是正事，那你們談，我就先走一步了。」

張春生只好站了起來，「我送送你！」

廖正生也不客氣，往門口走去，路過劉嘯身旁，還不忘關切道：

「小夥子，加把勁，我可聽老張說你的系統還沒開工呢，這怎麼行，你得抓緊點，老張還指望你來超過我們呢。」

劉嘯冷冷地回道：「請廖總放心，我一定不會讓你失望的。」

廖正生碰了個釘子，有點尷尬，打著哈哈，「年輕人就是這點好，有衝勁。老張你也不用送了，我這又不是第一次來。」

張春生和劉嘯還是把廖正生送出了酒店的大門，等他人一走，劉嘯就問道：「他找你什麼事？」

「還能有什麼事？」張春生很是氣悶，「就是來看我的笑話。」

張春生轉身往酒店裏走了兩步，問道：「對了，你找我什麼事？」

劉嘯這才把請柬拿了出來，「呶，我昨天剛說廖氏會有新舉動，這不，他們今天就送請柬來了。」

「廖正生這老王八找我來也是說這個事，說他們廖氏以後要開闢網路業務，問我跟不跟，這不是來氣我嗎？」張春生很鬱悶，「你分析分析，他們會搞什麼新的動作，和我們張氏有沒有關係？」

「我還不清楚他們要搞什麼，但應該不會和我們張氏有關係。」劉嘯想了想，「我們張氏不涉及網路業務，不管他要搞什麼，都應該不會影響到我們的現有局面。」

「是啊，我也是這麼認為的。」張春生點點頭，「這老王八這麼急著趕來撩撥我，我分析他是想引我上當。這麼多年了，他一直想要滅掉我們張氏，可任他怎麼折騰，在目前的這些業務領域內，他都不可能擊敗我們張氏，所以他現在才搞了一個我什麼都不懂的網路業務，尋思著他就是想把張氏引到這個坑裏，然後再伺機對我們下手。」

劉嘯愕然，聽張春生這麼一說，他也覺得這個可能性非常大，心想張春生真是太厲害了，居然連這層可能也猜得到。

雖然嘴上不說，但劉嘯心裏確實認為張春生以前是在盯著廖氏的腳後跟走，因為張春生生性保守，又喜歡爭強好勝。不過現在這麼一看，劉嘯知道自己錯了，張春生保守，但並不盲目，他不會看見個腳後跟就跟著走，這也難怪廖氏這麼多年也滅不掉張氏。

廖正生或許還真是準備利用張春生的這個弱點來擊敗張氏，可惜的是，廖正生並沒有摸準張春生的脈。還是張小花說得對，張春生從不涉及自己完全不瞭解的行業，他在這次的系統建設上已經吃了虧，你再讓他搞網路業務，他肯定是不會上當了。

張春生上樓之前還不忘吩咐道：「我先上去了！對了，他們的那個什麼啟動儀式，你還是去看看吧，順便幫我摸摸底，看他們到底在搞什麼把戲。」

劉嘯點點頭，站在樓下大廳沒動，他還沒有從剛才的那個問題裏鑽出來。等他回到辦公室，文清已經等在了那裏。

劉嘯很驚訝，「你這麼快就看完我的方案了？」

文清笑道：「走馬觀花地看了一遍，也算是看完了吧。」

「那你對於新的系統有什麼高見沒有？」劉嘯問道。

文清搖搖頭，「先不談這個問題，我來找你，是因為我有個問題沒有搞清楚，你們要做的系統，是只要超過廖氏就可以，還是要做到最好？」

劉嘯有些納悶，「你這話是什麼意思？」

「昨天我見了你們的總裁，他的要求是超過廖氏，可他又說把項目的事交給你來負責，所以我現在有些搞不明白，不知道在這個事情上，到底以誰的意見為主。」

劉嘯笑道：「這沒有區別啊，我們的要求是一致的，都是要超過廖氏。」

「哦，那我明白了！」文清微微點頭，「看來我有點誤會了，你的方案我看了，雖然不算是很完美，但以你外行的水準，能做出這個方案，已經大大地出乎了我的意料。從你的報告中，我能看出你那種力求完美的態度，我把你的這個態度當作了要求。」

劉嘯有些被繞暈了，「難道這兩者之間有什麼不同嗎？我覺得這不存在什麼衝突吧。」

「區別太大了！」文清淡淡地說道：「對於我們ＯＴＥ來說，如果僅僅是要超過你那個方案的話，那簡直是太容易了。」

劉嘯有點吐血，這傢伙怎麼這麼自大呢，就算你們ＯＴＥ很厲害，但也不能說得這麼玄乎吧，劉嘯悶悶問道：

「那你說說看，按這兩種要求來，你們ＯＴＥ會怎麼分別對待？」

「如果僅僅是要超過你的方案，我們ＯＴＥ現在就可以派人過來直接開工了。」文清頓了頓，「但如果是要做到最好，那就有點麻煩了，我們得派專業的人過來重新對張氏企業進行考察，根據得到的資訊，我們ＯＴＥ的專業團隊會對張氏進行一個準確的定位和分析，然後制定出最完善的方案，最後才是實施。說句實話，你在自己方案中用的那些方法已經太落伍了，全部的工作我們都得重新來做。」

劉嘯終於有些生氣了，道：「那你就按最好的做吧！」

劉嘯很不服氣，雖然自己不專業，但還不至於差到如此地步吧。

文清提醒道：「你可得想好，要不要再和你們的總裁商量一下？」

「不用商量了！」劉嘯斷然拒絕，「這件事情，我完全可以做主。」

文清見劉嘯表了態，自然也不好再說什麼，直接就回了ＯＴＥ，說過幾天自己會帶著ＯＴＥ的團隊過來對張氏進行實地調研的。

晚上劉嘯上線，很意外地收到了踏雪無痕的消息，這是踏雪無痕第一次在不入侵劉嘯電腦的情況下主動聯繫劉嘯。

他很關心劉嘯的那個項目，在ＱＱ上留言問道：「你的那個項目，我已經幫我聯繫好了公司，他們最近就會去聯繫你。」

劉嘯看這條消息發來的時間並不是很久，就趕緊回覆道：「我已經見到了他們公司的人，叫做ＯＴＥ軟體。」

踏雪無痕的頭像再次亮了起來，「沒錯，就是他們公司，這下你可以放心了，由他們來做，肯定是萬無一失的。」

劉嘯心裏對ＯＴＥ文清說話的那種口氣很不爽，但又不好直接對踏雪無痕講，只好拐彎抹角地問道：

「這個ＯＴＥ似乎很厲害，不知道他們以前曾做過什麼大項目？」

踏雪無痕似乎沒聽出劉嘯話裏的意思，繼續說道：

「你不是說要全程負責完這個項目嗎？正好你可以借這個機會向ＯＴＥ的人學習學習，他們的一些編程理念非常先進，你要是能從中學到個一成半成的，肯定是大有裨益的。」

劉嘯只好放棄了繼續旁敲側擊的念頭，能夠讓踏雪無痕這麼稱讚，看來ＯＴＥ還確實是有點道行的，只是劉嘯不相信ＯＴＥ能夠強到文清說的那種程度。

踏雪無痕再次發來消息，「好了，我要走了，我就是問問ＯＴＥ有沒有來聯繫你，既然你們已經見了面，那我就放心了。」

劉嘯趕緊發消息：「好，如果有什麼進展的話，我就通知你！」可惜踏雪無痕從來都是說走就走，消息發過去，已經是等不到回音了。

劉嘯等了幾天，沒等到文清帶著ＯＴＥ的人過來，倒是等到了藍勝華，藍勝華再次來到封明市，而且就住在了正生大酒店，和他一起來的還有一個人。

劉嘯左右無事，便過去找藍勝華。

來到藍勝華的房間，和藍勝華一同來的那人也在，兩人好像正在聊著什麼有趣的事情，興高采烈的，看見劉嘯，藍勝華很是熱情，一把將他拽到了那人跟前。

「來，劉嘯，我跟你介紹一下，這位就是我們軟盟的董事長，也就是你常說的南帝，龍出雲龍董事長。」

「啊！」劉嘯大感意外，他沒想到會在這裏碰到這傳說中的人物，趕緊伸手，激動地道：「久仰久仰，龍董事長是我最景仰的前輩之一，也是晚輩一直以來奮鬥的目標，今天見到你，我真是太高興了。」

龍出雲三十來歲，有些微微發福，個子不高，圓圓的臉上總是帶著笑，有點像是彌勒佛，讓人覺得很親近。

他也趕緊站了起來，和劉嘯一握手，「你就是劉嘯吧！我們剛才還正說著要去拜會你呢，沒想到你倒先來了，真是不好意思！」

「豈敢豈敢！哪有前輩拜會晚輩的道理，龍董事長是在笑話我。藍大哥也沒說您要來，如果早知道你要來，晚輩就應該早點過來才對。」劉嘯趕緊謙虛道。

藍勝華笑道：「大家都不是那種俗人，這麼客套幹什麼！」

「對對！」龍出雲讓出座位，「來，劉嘯你坐，剛好我有些事情要跟你解釋一下，順便還要給你道個歉。」

「呃？」劉嘯先是一愣，不知道龍出雲這是什麼意思，隨即趕緊道：「不敢當，不敢當。」

三人各自坐定後，龍出雲才說道：

「我說要向你道歉，那是有原因的。這次邪劍為難你，其實是因為我們之間過去的一點小過節，跟你沒有任何關係，平白無故連累了你，我很內疚，所以一定要向你道歉。」

龍出雲說著，再次站了起來，面朝劉嘯，很正式地鞠了一躬，「對不起！」

「龍董事長你這是幹什麼！」劉嘯趕緊站起來攔住他，「這次我和邪劍是競爭對手，即便是我不去找軟盟合作，換了另外一家，邪劍也肯定會找我的麻煩。」

龍出雲呵呵地坐下，「不管怎麼說，這次的事情，主要責任在我們，除了道歉，我這次來，還想找你談一下這個補償措施。」

劉嘯擺了擺手，「補償的事情就算了，我們現在已經委託了一家新的公司來接手這個項目了。」

龍出雲有些意外，「不知道是哪家公司？」

「也是一位前輩介紹過來的公司，叫做ＯＴＥ軟體。」劉嘯說道。

「ＯＴＥ？」龍出雲沉眉思索起來，他覺得這個名字有點陌生，口裏反覆念叨著「ＯＴＥ」三字，半晌之後，突然道：「是誰介紹過來的？」

劉嘯搖了搖頭，「這個不方便說！」

龍出雲「哦」了一聲，說道：

「我這人平時沒什麼愛好，就是喜歡結交各路朋友，所以消息也比較廣一些。這個ＯＴＥ軟體我好像曾在一位朋友那裏聽說過，具體的我也不大清楚。不過，我這位朋友是美國ＣＡ公司的技術主管，他說他奮鬥的目標就是能夠進入ＯＴＥ軟體，當時我也沒在意，因為從沒聽說過ＯＴＥ這個公司，我以為那只是個字母縮寫而已，現在看來，還真有ＯＴＥ這個公司。」

劉嘯的腦袋當即就木了，美國ＣＡ公司技術主管的奮鬥目標是進入ＯＴＥ，這太讓人不可理解了，美國ＣＡ公司是全球最大的管理軟體生產商，能夠做到ＣＡ的技術主管，那絕對是這個世界上水準數一數二的人物。

藍勝華也有些意外，「奇怪，我也沒有聽說過ＯＴＥ，這個公司很厲害嗎？」

龍出雲依舊笑咪咪地說道：「這有什麼可奇怪的，這個世界上我們不知道的事情實在是太多了。如果有機會的話，我倒是想認識一下ＯＴＥ的人。」

劉嘯好不容易才從震驚中回復過來，道：「ＯＴＥ的人估計還要過幾天才能過來，如果到時候龍董事長還在封明市的話，我一定為你引見。」

劉嘯現在倒是盼著文清趕緊帶人過來，自己好在旁仔細看看，看看這個ＯＴＥ究竟有何厲害之處，

「那我就先謝謝你了！」龍出雲笑道，「說起來還真是遺憾，我們雙方這次沒能合作成功。」

劉嘯咳了兩聲，岔開話題，「龍董事長這次來封明市，應該還有別的事情吧？」

「唔！」龍出雲點頭，「我要去參加邪劍的那個網路新項目的啟動儀式，本來我還想去找他談談，順便化解一下這次項目上的梁子，看看能不能補償一下你們張氏的損失，不過，現在你們張氏已經找好了接手的公司，損

失並不大，那就由我們軟盟來補償吧。」

「補償的事情就不要再提了，我們的項目並未開工，至於那些已經採購了的設備，我會和ＯＴＥ協商一下，那些設備能用的就儘量用掉，剩下的東西可以退給供應商，這樣算下來就沒有多少損失了。」劉嘯說完後又問道：「對了，龍董事長剛才說和邪劍之間有一些過節，不知道是怎麼一回事？」

「那都是很多年前的事了，那時候，國內有人給駭客圈排資論輩，我和邪劍他們幾個都被人給起了個外號，我叫南帝，邪劍叫東邪，還有一個黃星，他是中神通；其實這個圈子也就這麼大，我們幾個的私交都非常地好，還共同組織了一個駭客論壇。」

龍出雲說著，就起身去倒了杯水，看來他是準備長談了。

「那個給駭客圈排資論輩的人，其實是一個外行，他只把我們這些經常露面的人算在內了，那些不經常露面，但技術同樣厲害的人當然是不會服氣了，就天天來找我們幾個挑戰。」龍出雲呵呵笑著，「當時我每天都能收到好幾封挑戰信，真是有苦說不出，想把那個外行掐死的心都有了。」

「後來，有人駭了我們的那個駭客論壇，在論壇上向我們幾個發出挑戰，口氣很狂妄，說我們幾個只不過是一群沽名釣譽的草包。邪劍當年也是年輕氣盛，不肯吃虧，在伺服器上找到對方的ＩＰ，直接反入侵成功，把那個挑戰的人狠狠地羞辱了一番。事情鬧到這種地步，我們幾個也沒辦法了，只好接受了那人的挑戰。」

龍出雲呷了口水，「不過，那個挑戰的人技術真是了得，我和黃星都先後敗在了他的手下，最後是邪劍和那人的比試。當時兩人約定從一台固定的伺服器上竊取資料，誰成功拿到，就算誰贏。事情就在這個時候發生了變故，邪劍以為比試用的那個伺服器只是一台普通伺服器，只做了個簡單的代理就攻了上去，等他拿下伺服器的許可權，才發現這個伺服器是國家機密部門的伺服器，邪劍感覺不妙，擦了腳印準備撤退，剛好就被伺服器的管理員給發現了。事後邪劍知道政府的安全人員遲早能追查到自己身上，這種事情又不好解釋清楚，索性就辦了出國手續，到國外避風頭去了。後來黃星被政府招安，進了安全部門任職，經過幾年的努力，才在半年前給邪劍銷了案，邪劍這才得以回到國內。」

說到這裏，劉嘯突然反應了過來，現在軟盟的那個老大，應該就是當年的那位挑戰者了，邪劍被逼遠走他國，心中的鬱悶可想而知，回到國內，他自然會找當年的那位挑戰者報仇，這還是看在了龍出雲的面子上，否則軟盟這幾年早被鬧得雞飛狗跳了，還發展個屁啊。

只是劉嘯有一點很難理解，龍出雲明明清楚這裏面的恩怨，為什麼還要聘請那位老大擔任自己公司的執行總監，是用人惟才，還是出於其他什麼考慮？

「那龍董事長知道邪劍這次的那個網路新項目到底是什麼嗎？」劉嘯問。

龍出雲搖搖頭，「這個他倒是沒有說起過，只是說要和廖氏合作搞一個大手筆，至於是什麼，我也不清楚。」龍出雲說完笑了笑，「不過他的發佈會馬上就要召開了，到時候自然就會知道了。」

「呵呵，那倒也是！」劉嘯知道再也問不到什麼了，就和龍出雲隨便閒聊著那些駭客前輩們之間的八卦新聞。

不過他這次已經算是收穫頗豐了，至少他知道了軟盟的那位老大是誰，也明白了邪劍為什麼要去羞辱軟盟，但劉嘯不明白邪劍為什麼要幫廖氏來羞辱自己，自己和邪劍往日無仇，近日也是各為其主，算不上有什麼深仇大恨的。

「難道是因為這個新的網路項目嗎？」劉嘯心裏暗自揣測，也只有這麼一種可能了，邪劍既然說這個新項目是個大手筆，那自然就需要大量的資金，而資金是需要廖氏來提供的，這樣一分析的話，就很通了，廖氏想打擊張氏，邪劍需要錢，各取所需罷了。

如果這個猜測是真的，劉嘯覺得很噁心，一個成名的駭客高手，居然也會為了幾兩銀子就去為虎作倀，真是還不如自己呢，至少自己幹不出這麼掉份的事情出來。

龍出雲讓劉嘯領著他又去拜訪了張春生，商談的內容還是補償的問題，因為張氏已經支付了初期購買安全設備的資金，現在項目卻因為方案在軟盟被竊而導致終止，龍出雲覺得自己不管怎麼說都應該去和張春生說清楚這件事情。

劉嘯承諾不讓軟盟進行賠償，這是事先和張春生都商量過了的，張春生自然不會難為龍出雲，兩人都是商人，竟然還談得很投機，張春生得知龍出雲旅居國外多年，還諮詢了海外的行情，想看看外面有沒有什麼好的投資機會。龍出雲當然是知無不言，言無不盡，給張春生分析了一番海外的一些經濟熱點，以及到國外發展需要注意的法規政策。

張春生大悅，當即吩咐酒店準備晚宴，他要好好地招待龍出雲。

晚上的時候，張小花突然跑過來找劉嘯，剛好趕上了飯局，她乍一聽劉嘯說龍出雲是和邪劍齊名的駭客高手，頓時好感大減，她以為和邪劍齊名的人，估計也和邪劍是差不多的德性，飯桌之上也就沒和龍出雲多搭話。直到後來聽說龍出雲一直旅居英國，這才找到了話題，因為她剛從歐洲旅行回來，提到旅行見聞，兩人就談了個沒完沒了。

龍出雲給張小花介紹了很多英國獨特的風俗文化，以及一些好玩但不出名的地方，這讓走馬觀花的張小花後悔不已，只恨自己晚認識了幾天龍出雲，不然自己的歐洲之行會更加完美。

龍出雲大笑，邀請道：「如果張小姐再有機會到歐洲，請一定給我一個做東道主的機會。」

張小花也不客氣，「沒問題，我從來都不會放過任何勞駕別人的機會。」

說到這裏，張小花突然轉頭對劉嘯道：「對了，劉嘯，那個邪劍的什麼發佈會到底是幾號？」

「後天！」劉嘯有點奇怪，「你問這個幹什麼？」

「嘿嘿，我也要去！」張小花一陣得意的陰笑，「我給邪劍準備了一份禮物！」

劉嘯大汗，看張小花這樣子，不會是要去砸場子吧，劉嘯趕緊提醒道：「你可不要胡鬧啊！」

「什麼胡鬧？」張小花白了劉嘯一眼，「那邪劍不就是仗著自己駭客技術厲害才到處欺負人嘛，我這次給他準備的禮物，就和駭客技術有關。」

「你連什麼是硬碟什麼是記憶體都分不清，能搞出什麼駭客技術！」劉嘯真是服了張小花，「我可不帶你去，到時候別詭計沒得逞，反被別人笑話了。」

旁邊的龍出雲不知道張小花和邪劍的恩怨，有點好奇，笑道：「張小姐對駭客技術也有研究？」

「研究倒是沒有！」張小花依舊嘿嘿笑著，「我就是想讓邪劍猜個密碼，這總不算是為難他吧？」

「猜密碼是最基本的駭客手段了，對邪劍來說，這當然不算是為難！不過，張小姐在發佈會上讓邪劍來猜密碼，似乎有點……」

龍出雲不好把話說明。

劉嘯也十分納悶，不知道張小花哪根筋搭錯了，居然要給邪劍猜什麼密碼，不過這也難怪，以張小花那電腦白癡的水準，估計她也搞不出什麼有難度的問題，怕就怕張小花發了飆，隨便給一個超級長而且沒有規則的變態密碼；那就算是邪劍有手段破解，估計破解出來，發佈會也已經結束好幾百年了，這又怎麼能起到為難邪劍的作用呢。

於是，劉嘯再次問道：「你到底要出什麼題？」

「不告訴你！」張小花很得意，「不過，我可以透露一點點資訊給你，密碼很簡單，幼稚園的小孩都能猜到。」

劉嘯當即吐血，「幼稚園小孩都能猜到的密碼也叫密碼？」

「不一樣啊！」張小花一臉專業的表情，「小孩能猜出，不代表高手也能猜出。」

龍出雲笑著附和：「張小姐此言不差，看來邪劍老弟這次要倒楣了，只是希望到時不要讓他太難堪就好。」

龍出雲和邪劍熟識，自然不希望看到邪劍倒楣，何況張小花的矛頭很明確，她就是要用小孩都能猜出的密碼來難為駭客高手，這讓同樣身為高手的龍出雲也有點不舒服。

吃完飯，出了餐廳，劉嘯有些不放心，拉住了張小花，「你真的決定要去發佈會？」

「是！」張小花甩開劉嘯的手，「本小姐決定的事情，什麼時候反悔過？」

「要為難邪劍的辦法很多，我看你沒必要這麼冒險吧，到時候萬一弄不好……」

「什麼辦法？」張小花看著劉嘯，「用你的那些辦法，不知道要等到何年何月才能報仇，所謂『有恩不報不算差，有仇不報是人渣。』我已經等不及了，我張小花從來都不知道忍氣吞聲是什麼，我也不是什麼君子，我只是個小女子，我不會等上十年才去報仇！」

「你……」劉嘯還想說什麼。

「你就在那慢慢等吧！」張小花打斷了劉嘯的廢話，「反正我是不會再等你去給我報仇了，我現在要自己去給自己報仇，我今天來本想找你商量這事的，現在估計你也不會幫我，我只好自己來了。」

劉嘯不知道張小花為什麼會突然發火，有點反應不及，就站在那裏看著張小花離開，良久之後，劉嘯才悶悶地問了自己一句：

「難道我是人渣？」

第三章　駭客教父

「他這是想做駭客界的教父。」龍出雲在一旁道出了邪劍此舉的真實用意。

劉嘯恍然大悟，果然如此，如果邪劍的這個平臺真的能推廣，駭客的水準高低都由邪劍來定，那邪劍自然就是駭客圈當之無愧的教父了。

廖氏的發佈會搞得非常隆重，據說還請了許多省級部級的官員到場，媒體方面更是大撒請柬，平面的、網路的、電視臺、廣播電台，能請的廖氏都請了。

劉嘯出門的時候給張小花打了電話，結果張小花又改變主意，說不和劉嘯一起去了，她要自己過去。劉嘯很鬱悶，只好和龍出雲、藍勝華他們一起趕往正生大酒店。

劉嘯他們到會場後，四處找了找，發現張小花還沒有過來，只好隨便找了個座位坐下，等著發佈會開始。

龍出雲往臺上的嘉賓席上一掃，居然看見一個座位前擺著牌子，上面寫著黃星的名字，不禁大大意外，「黃星也要來？真不知道邪劍這次要搞什麼名堂！」

劉嘯也是很驚訝，他沒想到國內五大駭客中的三位，今天竟然會齊聚在這個發佈會中，這倒是盛況空前啊，道：「看來他真的是要搞大手筆了！」

媒體和嘉賓陸陸續續來齊，發佈會準時開始了，只是黃星的座位上還空著，劉嘯想一睹黃星風采的願望落了空。

廖正生看起來意氣風發，站在臺上感謝這個到場，感謝那個到場，然後才進入正題，說網路是個發展趨勢，廖氏一直都在關注這個市場，並且請到了邪劍張仕海來公司擔任要職，之後就開始猛吹邪劍的本事和廖氏發展網路事業的決心，順便還捎帶著提了自己的企業決策系統，可他就是沒說廖氏的網路新項目是什麼。

劉嘯聽得無聊，抽空又把會場打量了一番，還是沒有看到張小花，心想這丫頭難道不來了？

媒體們千等萬等，好不容易把邪劍盼到了發言席上，邪劍依舊是那麼冷漠，臉上一點笑容也沒有：

「首先感謝今天到場的所有朋友，在公佈廖氏的網路新項目之前，我想給大家說一些不容忽視的事實。自上個世紀中期電腦問世以來，它就開始改變著我們的世界，人們得到了便利，但也付出了代價。電腦的問世，受衝擊最大的就是密碼學，以前那些被人們認為是終其一生也無法解出來的密碼，在電腦超強的計算能力面前不堪一擊，人類曾一度陷入一個沒有秘密的世界，直到後來人們用電腦製造出更為先進的加密演算法。但隨著電腦功能的不斷豐富，以及後來網路的出現，安全問題便再次突顯出來，這一次，卻不是簡單的加密演算法的問題了。

「時至今日，電腦已經成為一個不可或缺的工具，而網路也成為了我們社會生活中一項很重要的通訊途徑，並且有逐漸替代老的通訊傳媒方式的趨勢，利用網路，我們可以娛樂消遣，也可以購物消費，甚至可以進行商業談判、電子辦公。網路四通八達，將所有的電腦連在了一起，人們在享受便利的同時，一定不願意發生銀行帳號被盜、電腦操作被人監控、或者通訊記錄被竊聽諸如此類的事情。雖然不願意，但這樣的事情還是發生了，而且每天都在增多，因這類事件造成的損失也在每年遞增，人類似乎再次失去了秘密。

「安全問題日益突出，而好的安全人才卻是一將難求，我們需要大量的安全人才，卻不知道誰可以擔當重任，人們同樣需要瞭解更多的安全知識，卻不知道該聽誰的。另外一方面，安全人才的水準也是良莠不齊，被委以重任的可能只會紙上談兵，因為得不到認可，或者是學歷不夠高而無法施展出自己能力的人才更是比比皆是。誰，可以給我們提供一個參考的標準；誰，可以為我們選出最好的安全人才，這就是我們廖氏新項目要解決的問題。」

臺上就有人開始議論了，廖氏的這個項目似乎有些太籠統了，讓人摸不著邊際。

邪劍繼續說道：

「我們廖氏將邀請國內國際知名的安全高手，再結合自身優勢，組建一個國內最先進最權威的安全攻防試驗平臺，通過這個平臺，每一個人都可以知道自己的電腦處於一個什麼樣的安全等級，需要採取什麼措施來加強防範；通過這個平臺，我們能準確地測出每個安全人才的能力等級，並且為他們頒發一個段位證書，根據段位，我們就可以很清楚地知道一個人是不是可以勝任某項安全工作。安全攻防試驗平臺組建成功之後，我們廖氏還要和國家有關部門合作，在全國開設專門的安全人才培訓機構，培養和輸送大量的安全人才。」

劉嘯有些意外，廖氏的網路新項目竟然是這個，還確實是個大手筆，不過，劉嘯很懷疑以邪劍的能力究竟能不能搞出這個平臺，邪劍是要給一個人的安全能力劃出個等級來，那劃分的標準是什麼呢？

國際上也有幾家安全認證，非常的權威，但這些機構也沒敢搞這個能力劃分，只敢開個證書，證明某人曾接受過安全方面的培訓，已經具備了安全的能力。

而且劉嘯抓不準廖氏這個項目是好是壞，讓廖正生和邪劍來說，那當然是好的，又能培訓選拔人才，又能為人們提供安全諮詢，這當然是件大好事。但劉嘯也有擔憂，國內的安全界駭客圈本來就已經很浮躁了，廖氏現在推出這麼一個段位劃分制，會不會把這個圈子刺激得更加浮躁。當年不過是有閒人給駭客圈排了個座次，就已經鬧得雞飛狗跳了。

「他這是想做駭客界的教父。」龍出雲在一旁道出了邪劍此舉的真實用意。

劉嘯恍然大悟，果然如此，如果邪劍的這個平臺真的能推廣，駭客的水準高低都由邪劍來定，那邪劍自然就是駭客圈當之無愧的教父了。

邪劍說完，就是記者發問了，這些記者沒想到廖氏的新項目這麼虛泛，準備好的問題全部用不上了，一時都忙著在想新問題。

「我想請問！」

會場終於有人提問了，劉嘯一聽聲音就知道是張小花，回頭去看，張小花正抱著一台筆記型電腦站在會場的後面。

等媒體把目光都聚集了過來，張小花這才說道：

「我想請問，如果這個平臺真的組建成功，以邪劍先生的能力，大概可以達到什麼段位？」

邪劍冷冷站在臺上，思索怎樣回答這個問題才算合適，如果是別的記者提問，他當然是要謙虛一番，但提問的是張小花，一旦被她抓住話裏把柄，自己怕是就難堪了。

張小花見邪劍沒回答，就再次發問，「如果你覺得難以回答，那我就換個問題，邪劍先生認為，通過這樣一個平臺就可以測出一個人的真實水準嗎？」

「那當然！」邪劍毫不猶豫地回答道：「我們的平臺就是為了測試水準而組建的。」

張小花搖了搖頭，「我看不能！如果真是要測的話，我看邪劍先生會是第一個被淘汰的人！」

媒體們開始興奮了，他們聞到了一絲火藥味，他們喜歡的就是這種火藥味，唰唰唰把手頭所有可以錄音錄影的東西全部打開，焦點都集中到了邪劍的身上，等著他的回答。

邪劍愈發冷峻，「你可以質疑我的能力，但請你有根據的質疑！」

張小花往前走了兩步，來到龍出雲的座位旁：

「據我所知，今天來到現場的，還有國內著名駭客南帝龍出雲。龍先生和你齊名，按照你們駭客圈的排位，甚至他的排名還要在你之前，不如我們請他來當個裁判，當場測試一下，便知對錯。」

現場的媒體們恨不得過去親張小花幾口，心想這小妹妹真是太善解人意了，居然爆出如此猛料，這下好了，明天的頭版新聞不用發愁了，當即對著龍出雲一陣猛拍。

邪劍早知張小花來意不善，但沒想到她會給自己出這個難題，站在那裏，是同意也不好，不同意也不好。龍出雲更是意外，他沒想到張小花會把自己拉出來面對媒體，他只好站起來稍稍示意。

邪劍還在猶豫，張小花卻已經開始行動了，她把自己的電腦打開，舉了起來。

「這是我個人空間的登錄頁面，我設了密碼，但有一個密碼提示，我的問題很簡單，就是請邪劍先生根據這個密碼提示猜出密碼即可。密碼非常簡單，用你們駭客的一種叫做『社會工程學』的手段完全可以猜解出來。」

事已至此，劉嘯只好站了起來，幫張小花舉起電腦，四周示意了一番。

「另外，我要聲明一下，我的這個問題絕對合理。現場有這麼多人，更有龍出雲這樣的高手，一會兒結果出來，只要有一個人認為我出的問題是在刁難邪劍先生，就算我輸。」張小花大聲聲明著。

話說到了這個份上，邪劍要是再不答應，那也顯得太膽怯了，他當下便道：「好，我答應你，就請在場的所有人作個證人。」

邪劍之所以答應下來，很大原因是因為龍出雲作裁判，即便最後他沒猜出密碼，龍出雲也可以根據實際情況判定張小花是在無理取鬧，龍出雲是成名高手，當著這麼多人的面，肯定不會偏袒任何一方。

張小花的電腦被接到了投影機上，現場的人都看清楚了，密碼提示是「一二三四五」，很多人就開始想了，會是什麼密碼呢？

邪劍來到電腦跟前，先輸入了「一二三四五」，後輸入「五四三二一」，然後再輸入「六七八九十」，居然都提示密碼錯誤，邪劍很鬱悶，道：「張小姐說一下自己的生日吧！」

張小花很配合，把自己生日一說，結果還是錯誤。

接下來，現場的人就看到了極為滑稽的一幕，邪劍像是查戶口一樣，把張小花老爹的生日姓名，老媽的生日姓名，家裏保姆的生日姓名，所有親人親屬的電話號碼，統統問了一遍，就差沒問張小花家裏養的那隻狗的生日姓名了。可惜的是，密碼依然是錯誤。

龍出雲站在那裏，他也在思索密碼會是什麼，他和邪劍的思路基本一樣，邪劍沒猜對，龍出雲自然也就陷入了困惑之中。

旁邊的劉嘯苦思良久，突然想起了那天飯桌上張小花的提示：「幼稚園的小孩也能猜出來！」張小花既然這麼說，那麼密碼就肯定和小孩有關，或者是小孩經常接觸的。

小孩接觸的東西又極為有限，剛才邪劍把已經可能的數字都猜了，那剩下的會是什麼呢，劉嘯仔細回想著自己幼稚園時任何和一二三四五有關的資訊。

半晌之後，劉嘯突然眉頭一揚，道：「我知道密碼可能是什麼了！」

龍出雲看著劉嘯，「是什麼？」

劉嘯附耳低語兩聲，龍出雲露出頓悟之色，心裏卻為邪劍捏了把汗。

邪劍在電腦前擺了十多分鐘的冷酷POSE，就在眾人都已經快失去了耐心之際，他終於無奈宣布，「猜不出，請張小姐公佈答案吧！」

張小花不慌不忙走到會場後面，拉過來一個四五歲大的小孩，笑咪咪地對著小孩道：「跟姐姐一起唱兒歌好不好，姐姐唱上一句，你唱下一句。」

小孩使勁點了點頭。

張小花吸了口氣，以眾人都非常熟悉的節奏喊道：

「一二三四五！」

小孩的稚嫩的童音響起：「上山打老虎！」

全場愕然，統統跌破眼鏡。

上世紀七〇年代末期，有一個叫做斯坦利・馬克・瑞夫金（Stanley Mark Rifkin）的年輕人，成功地完成了史上最大的一宗銀行劫案。

讓人稱奇的是，斯坦利沒有雇用幫手、沒有使用武器、沒有天衣無縫的行動計畫，甚至沒有借助電腦的協助，而僅僅是依靠一個進入電匯室的機會，並打了三個電話，便成功地將一千零二十萬美元轉入自己在國外的個人帳戶。

更奇怪的是，這一事件最後卻以「史上最大的電腦詐騙案」為名，被收錄在金氏世界紀錄中。

斯坦利・瑞夫金使用的這種欺騙技術，我們就把它稱為「社會工程學」，後來這種技術逐漸發展並廣為駭客利用，凡是利用人們心理弱點、行為習慣弱點、或者是規章制度中的漏洞來進行攻擊，以期獲得攻擊者所想要的資訊，這些方法都可以稱為社會工程學。

張小花讓邪劍來猜密碼，邪劍根據以往的經驗，詢問張小花生日之類的資訊，然後進行最有可能性的組合，試圖猜解出密碼，這就是社會工程學。

說起來，劉嘯上次在張氏的電腦上安裝進行擺渡攻擊的隨身碟木馬，以及後來在張春生的電話上接分機，這都算是社會工程學。

不過，隨著現在人防範意識的增強，以及各種規章制度的逐漸健全，社會工程學在駭客攻擊中所能起到的作用越來越有限，社會工程學的成功，是要建立在大量資訊的搜集之上的，邪劍一時半會兒猜不出密碼也是可以理解的，這並不能說明邪劍的駭客技術就不行。

但張小花卻很有力地證明了自己的觀點，那就是邪劍那個所謂的安全攻防平臺，不可能測試出一個安全人員的真實水準。廖氏的平臺還沒組建，便已經算是失敗了一大半，這個跟頭栽得可不輕。

所有人都無話可說，因為張小花的密碼連小孩都能猜出來，又怎麼能算是刁難邪劍呢。

張小花很得意，抱起那個小孩，「走，真乖，姐姐給你買好吃好玩的去！」說罷揚長而去。

劉嘯只得走過去收起張小花的電腦，搖搖頭，也離開了發佈會現場。

廖氏的發佈會讓張小花這麼一鬧，沒法繼續開下去了，媒體們逮住機會紛紛開炮，問的問題基本上都是一個意思，既然這個平臺已經被證實無法測出安全人員的真實水準，廖氏會有什麼補救措施，這個平臺的計畫還會繼續下去嗎？

廖正生老臉鐵青，當即離場而去，只留下邪劍在那裏應付媒體。

張春生從劉嘯嘴裏得知這個消息後，樂得在辦公室裏猛跳，嘴裏只有一句話「虎父無犬女！虎父無犬女！」

好半晌後他反應過來，直接就給採購科的職員打去電話，上次他答應張小花的那輛新型跑車，他決定現在就兌現，馬上就兌現。

這件事情對劉嘯的觸動也很大，張小花作為一個電腦白癡，竟然可以如此輕鬆就難倒了邪劍這樣的絕頂駭客，這一方面說明張小花是花了心思的，但另一方面，也說明了駭客們已經深陷於社會工程學之中無法自拔，邪劍之所以猜不出，是因為他自己也進入了一種慣性思維的誤區，一看見密碼，就習慣性地只考慮生日姓名、電話號碼，而不會想到其他。

就是劉嘯自己，要不是張小花早有提示，他也肯定猜不出這個密碼，劉嘯為自己這種已經固化了的思維模式而感到可怕，他決定再把社會工程學好好鑽研復習一下，要想命中率高，至少得總結出男人和女人設定密碼的不同習慣，然後還可以再繼續細化，這對自己以後分析資料絕對是有幫助的。

晚點的時候，龍出雲回來了，以往彌勒佛似的臉上竟然也有一絲憂煩，劉嘯便知道他和邪劍談得肯定不好。

劉嘯過去打聽，才知道廖氏可能會終止邪劍的這個項目，邪劍大發雷霆，就因發佈會上張小花點了龍出雲做裁判，邪劍便認為今天的事情是龍出雲和張小花合夥來出自己的洋相，因此把龍出雲也怪罪上了。龍出雲找邪劍談話，基本是被嗆回來的，更不要提和解的事情了。

龍出雲看起來很傷心，當下和劉嘯匆匆作別，帶著藍勝華就回了海城，臨別還囑咐劉嘯注意防範邪劍報復，估計他這麼著急回海城，大概也是佈置去了，誰知道邪劍會不會因此更加瘋狂地報復軟盟呢，軟盟是專業做安全的，隨便栽一個跟頭，影響程度絲毫不亞於邪劍的發佈會失敗。

劉嘯比龍出雲還要鬱悶一些，邪劍此刻完全失去了理智，他被張小花這個外行給徹底擊敗了，而且是光明正大地擊敗的，張小花兌現了自己的承諾，她報仇雪恨了。劉嘯卻不得不去反思自己，他要比張小花更加懂得駭客技術，張小花是用駭客技術擊敗了邪劍，而自己卻還在等著和邪劍再次交手的機會，相比之下，自己這個內行竟是不如張小花那個外行。

「自己到底差在了哪裡？是心態？是性格？還是自己一直對這些個絕頂駭客心存敬畏？」劉嘯在心裏問著自己。

或許，自己真正差的是張氏父女身上的那股精神，不管對手有多麼強大，有多麼陰險，他們都不會退縮，就像是一隻狼被獅子咬了一口，這隻狼非但不會逃命，反而更加不要命地反咬過去，給對手兩口，甚至更多。

如果當初廖氏打壓還很弱小的張氏，張春生便開始逃避，改行或者退縮，那就不會有今天張廖兩家齊大的局面了。

發佈會結束的第二天，文清帶著OTE的人來了，七八個人的一個團隊，文清說這是專門負責調查和搜集資料的團隊。

這個團隊看來是已經仔細研究過劉嘯的那份方案，對於張氏的業務和企業結構已經基本瞭解了個大概，拿了張春生簽署的文件後，就各自分散到張氏的分公司實地調查去了，只留下文清和另外一個人負責對總部和春生大酒店的調查。

文清這次在張氏裏轉了一圈，心裏的驚訝程度一點都不亞於很久之前的劉嘯，張氏這麼大的企業，竟然就是靠著幾台列印電腦來維持日常的行政運轉，如果沒有了電腦，文清都不知道地球該怎麼轉。

劉嘯笑了笑，「文先生見笑了，大概沒有想到我們張氏的辦公水準會這麼落後吧？」

文清還沒回過神來，搖了搖頭，道：「不會不會，這還不是我見過效率最差的地方。」

劉嘯有點好奇，「不會吧，難道還有比我們張氏更差的？」

「在我們ＯＴＥ沒有介入之前，美國中央情報局的辦事效率可比你們差多了！」文清「呵呵」笑著，轉身繼續往前走去。

劉嘯傻了，站在原地半天沒回過神來。

ＯＴＥ對劉嘯似乎毫不避諱，不管幹什麼，一點都不避著劉嘯。

文清他們的調查手段其實也和劉嘯之前的差不多，只是他們的調查問卷比劉嘯的要詳細了很多，每人隨身攜帶一台筆記本，上面有一個資訊登錄軟體，把用戶的調查結果一提交，軟體就會進行一個綜合的分析，這樣一來，得出來的最後資訊就和劉嘯之前的很不一樣了。這款軟體甚至能根據問卷答案分析出一個人的心理性格特徵和工作習慣。這倒是讓劉嘯大大地開了眼界，專業的就是不一樣。

兩三天後，ＯＴＥ團隊的人陸續回到封明，文清便準備再次告辭，他們要把收集到的資訊帶回公司，經過多個專業團隊研究分析後，制定一個系統設計方案。

劉嘯很有點不解，「這幾天似乎你們都在瞭解企業的結構，但對於企業的運作模式似乎很少問及。」

「這就是我為什麼說你的方案失敗的原因。」文清笑了笑，「你認為張氏目前的這個運作模式效率高嗎？」

劉嘯搖了搖頭，「不太高！」

「這就對了！」文清頷首，「你先前那份方案之所以失敗，是因為你根本就不懂企業的經營，也不知道該如何去提升企業的運作效率，你只是站在系統設計的角度上，讓系統去刻意適應那種已經落後了的運作模式，那就算你的系統做得再先進，科技含量再高，你也無法為企業提供強大的運轉動力。」

劉嘯有點省悟了，自己以前還確實忽略了這個問題，有點太想當然了，認為配置了企業決策系統之後，張氏的企業效率自然就會提高。

文清拍拍劉嘯的肩膀，「僅從技術來看，你已經很厲害了，只是我們比你更專業一些。放心吧，我們ＯＴＥ有全球最好的管理諮詢團隊，會重新為張氏設計一個新的運轉模式，包括張氏那些現有的部門，可能都要進行重新整合劃分，我希望你能提前跟你們的張董事長交涉一下，免得到時候再有什麼變故。」

劉嘯沒想到會這麼麻煩，思索片刻，咬了咬牙，「好，我會去談的。」

「其實你們的張董事長很厲害，他能把這麼大的項目交給你負責，這個魄力就很了不起，一個企業的成敗，往往取決於他的掌門人的氣度和魄力。」文清頓了頓，「不過，我們可是按照你的那個『要做到最好』的意思來辦的，等這個系統完成，我敢保證，張氏絕對是國內效率最高的企業之一。」

劉嘯笑道：「衝你這句話，我現在就去找他談這件事情，希望你們下次再來封明的時間不會太久。」

「會很快的！」

第四章　吳越霸王

劉嘯打開郵件一看，果然是對方發來的勒索信，劉嘯看了一下落款，對方用的是一個網路暱稱，叫做「吳越霸王」。劉嘯心中大為鄙視，這樣的強盜竟然也敢自稱霸王，還真不是普通的自戀啊。

張春生聽說做個系統還會動到企業的部門結構，也是驚訝不已，一時都搞不清楚ＯＴＥ到底是個什麼公司了，心想一個做軟體的公司，怎麼連別人公司部門結構的主意都要打。

劉嘯只好耐心解釋，說這第一是為了提高企業的效率，和系統配套；第二是也是加強管理，更加明確個人職責和許可權，ＯＴＥ之所以要這麼做，是因為ＯＴＥ比自己更加專業，考慮得更加全面。

老張似乎還是有些不解，真要按照ＯＴＥ的來，公司的人事得有大的變動，系統好用不好用還是一說，別到時候自己企業的運轉倒是先全癱瘓了，老張比較頭疼這方面。

劉嘯一看這樣講不見效果，便扯到麥肯錫、波士頓這樣的全球性管理諮詢公司，現在有很多大的企業都喜歡讓這些諮詢公司給公司制定章程、劃分結構，甚至是參謀投資，但一次諮詢下來，價格也是相當不菲。

劉嘯看準老張鐵公雞的弱點，道：

「既然ＯＴＥ也有這樣的專業管理諮詢團隊，水準又不在麥肯錫、波士頓之下，而且還是免費的，我們不妨先看看他們的建議，如果好，我們就採納；如果不好，我們再讓他們修改。何況，這個結構重組和系統實施並不是同時的，他們給出的建議我們採納後，他們才會去設計與之配套的系統，在這期間，我們完全有時間來完成企業的部門重組。」

後面的這點才算是說到了張春生的心裏，當下他也不再說什麼，道：「那就先看看他們的建議吧！唔，他們的建議大概什麼時候能出來？」

想通之後，張春生反而急著想看到OTE的建議。

兩人正說著，秘書小李走了進來，看見劉嘯，道：「我剛才還去你辦公室找你，沒想到你自己倒跑到這裏來了，害我白跑一趟。」

劉嘯笑笑，「小李秘書找我有什麼吩咐？」

「吩咐倒是沒有，就是出了點事，我想這事應該歸你管！」小李從自己腋下的資料夾裏抽出一份文件，「這是我昨天晚上收到的一份郵件，我複印了一份，你先看看。」

劉嘯起身接過那份文件，坐下來慢慢看著，剛看個開頭，就有些火大，一把將文件拍在了桌子上，「豈有此理，欺人太甚！小李，這封郵件你是什麼時候收到的？」

「昨天回家看郵箱時就已經有了！」小李答。

「怎麼回事？」張春生不知道發生了什麼事，趕緊問道。

劉嘯起身把那份文件放到了張春生的辦公桌上，「真沒想到，現在還有這幫網路強盜，知道我們張氏要搞企業網路建設，就跑過來收保護費，說不交保護費，他們就會來攻擊我們的網路，真是太囂張了！張伯你看看，他們下面還附了一份已經交過保護費的企業，真是恬不知恥。」

張春生步入商場多年，這樣的事沒少碰到過，早已習慣，看完把文件一放，問道：「你看這事該怎麼辦？」

「這事我去辦。」劉嘯轉身對秘書小李道：「小李秘書，麻煩你回去給對方回覆一聲，就說具體的事情要找我談，我把我的E-MAIL地址給你。」

劉嘯到小李辦公桌上找了枝筆，把自己的E-MAIL寫了下來，「你就讓他們聯繫我的E-MAIL就可以了。」

「劉嘯，這事你得好好想想，要辦就得辦漂亮！」張春生提醒道。

「張伯你放心吧，我知道該怎麼辦，這次我非得好好教訓他們一番，否則他們不知道馬王爺有幾隻眼！」

劉嘯很生氣，邪劍的事到現在他都還憋了一肚子火呢，這幫傢伙竟然不知死活地找上門來，這不是逼劉嘯發火嘛，劉嘯要是再不發威，還真成了任人拿捏的軟柿子了。

劉嘯拿起那份文件，「我先回去把這事安排一下！」說完，出門朝自己辦公室奔去。

晚上，劉嘯正在電腦上看資料的時候，郵箱提示響了起來：

「你有一封新的郵件，請注意收信！」

劉嘯打開郵件一看，果然是對方發來的勒索信，內容和秘書小李收到的一模一樣，劉嘯看了一下落款，對方用的是一個網路暱稱，叫做「吳越霸王」。劉嘯心中大為鄙視，這樣的強盜竟然也敢自稱霸王，還真不是普通的自戀啊。

劉嘯給對方回了一條消息：

「誰知道你們說的是不是真的，你們說那些企業已經交了保護費，可有什麼證據？」

對方再次發來消息，速度很快，但已經不是剛才的那個E-MAIL了，看來對方相當地機警。

「你要是不相信我們的實力，我們可以證明！你在那些企業中隨便挑一家，去看他們的網站，我保證幾分鐘之後，他們的網站立即癱瘓！」

劉嘯在那些公司名單中隨便挑了一個，是一家小有名氣的企業，然後把公司的名稱給對方回覆了過去。劉嘯打開那家公司的網站，不時刷新著，果然，沒有幾分鐘，這家公司的網站便打不開了。

劉嘯不禁有些驚訝，看來這個吳越霸王還真有幾分本事，倒不是完全自吹！

對方再次更換了新的E-MAIL，發來消息：

「怎麼樣？現在相信我們的能力了吧！」

吳越霸王沒有給劉嘯出示那些企業交過保護費的證據，而是選擇了證明自己有收保護費的實力，這其實就是在示威，意思很明顯，你不要管別人交沒交，只要你不交，我們就收拾你。

劉嘯撇了撇嘴，決定和這個傢伙好好周旋一下，他一邊打開自己的郵件追蹤工具，一邊回道：

「那個公司是已經交過保護費的，你們說攻擊就攻擊了，這讓我很不放心啊，萬一你們拿了保護費，又來攻擊我們，那我怎麼辦？」

「只是為了證明一下我們的實力罷了，如果真要攻擊那家企業，我們完全沒必要去攻擊他的網站。入侵他們的企業內網，對我們來說，也是易如反掌的。」

吳越霸王的口氣很大。

「那是不是交了保護費，有人來攻擊我們的網路，你們就會出面保護？」劉嘯假裝有些鬆動。

「那是自然！收人錢財，替人消災嘛。」

「我連你們是誰都不知道，怎麼能相信你們的話，你們完全可以收了錢不辦事。真的有人來攻擊我們，我都不知道你們身在哪裡呢，你們又憑什麼說可以保護我們？」

吳越霸王似乎有些不耐煩了，「我們做這行已經不是一年兩年了，你可以到處去打聽打聽，凡是我們吳越家族保護的企業，什麼時候出過事？我不介意跟你說句實話，這個圈子也就那麼幾家，大家彼此都心知肚明，凡是被我們吳越家族做了保護標記的企業，其他人就不會來碰。」

劉嘯不禁想笑，他從吳越霸王的話裏倒是聽出了一絲別的意思，那就是說，攻擊企業的網路和保護企業的網路，其實都是他們幹的，他們大言不慚地說是來保護這些企業的網路，但要是沒了這些鳥人，又會有誰來攻擊企業的網路呢？這幫鳥人自己給自己造了個市場，還真是有才！

或許這幫鳥人還會耍一些其他的手腕，比如他們故意去攻擊一家受自己保護的企業，等企業求救時，他們就會說：「好，我們現在就去保護你！」但其實就是他們自己停止攻擊罷了。手腕雖然簡單了一些，但這樣一來，那些不明真相的企業倒是會真的以為這幫人神通廣大，竟然一出手就擺平了攻擊者，那以後的保護費自然也就會交得更勤快一些了。

劉嘯不屑地嗤了口氣，這一套手法根本是以前黃金榮、杜月笙之流玩剩下的，這幫鳥人現在的這種行徑，完全稱得上是網路黑社會了。

幾年前，劉嘯辦的那個駭客網站被駭，他就已經知道網路中存在著一種叫做「網路打手」的職業，給錢他就敢駭。只是他沒想到才幾年的工夫，這些網路打手們已經跳出了散戶經營模式，改為集團化和規模化的方式，還真是與時俱進、永續性發展啊。

吳越霸王見劉嘯好長時間沒有回音，再次發來消息：

「你考慮得怎麼樣了？」

劉嘯回覆：「這事我做不了主，你讓我再考慮考慮，我還得和老闆商量一下。」

吳越霸王大概是以為有戲，心下大悅，道：「好，你好好考慮考慮，但我希望不要超過三天。」

「那我決定了之後，如何聯繫你？」劉嘯的意思是，對方每次都更換E-MAIL有點麻煩。

吳越霸王發來消息：

「這些E-MAIL，你隨便給哪個發郵件都可以，我們都能在第一時間知道。」

劉嘯不再回信，直接打開自己的郵件追蹤器，發現對方不僅是每封郵件都在更換E-MAIL，而且每個E-MAIL的來源ＩＰ位址也都不一樣，這樣來看的話，對方可能是使用了代理，或者手裏掌握著大量的「肉雞」。

劉嘯對這些ＩＰ位址發動了一次掃描，發現其中好幾個都是沒有開放代理服務功能的，看來這些機器都應該是對方的肉雞。

不過這對劉嘯來說，反而是件好事，對方既然使用了肉雞，那肯定就會在肉雞上留下記錄，自己只要攻下這些肉雞，應該就可以得到對方的真實ＩＰ位址。

劉嘯二話不說，直接拉出自己的攻擊工具，挑了其中一台肉雞開始進攻。

吳越霸王這些人在得到這些肉雞後，似乎並沒有好好地去經營，肉雞的安全性能依舊是那麼差，到處都是漏洞，劉嘯根本都沒有去掃描這些肉雞的漏洞，只是想當然地認為它們可能存在某個漏洞，一試之下，居然就成功了。

打開肉雞的日誌記錄，一乾二淨，看來對方已經擦過腳印了，劉嘯極度鬱悶，肉雞上竟然連剛才對方發郵件的記錄也沒有了。

無奈之下，劉嘯只好放棄這隻肉雞，再去試其他幾台肉雞，一連試了幾台，都是一個樣，看來這個吳越霸王真是超級謹慎，一點痕跡都不給對方留下。

劉嘯咬了咬牙，他準備再去聯繫一下對方，只要對方一回覆，他準備在得到對方ＩＰ位址的瞬間就去攻擊那台機器，如果速度夠快，自己應該可以趕在對方還沒有刪除記錄之前得到一份日誌。

劉嘯仔細檢查了一遍自己的工具，他準備使用一個還沒有被公佈的漏洞來進行攻擊，這樣自己入侵的成功率會是百分之百。

設置好代理和跳板，劉嘯深吸一口氣，給對方的一個E-MAIL發了條消息：

「我已經想好了！」

吳越霸王的消息在幾十秒之後就傳過來了，「你是如何決定的？」

劉嘯幾乎是在郵件提醒聲音響起的瞬間打開了郵件追蹤器，然後運行工具，向這個剛剛得到的新ＩＰ發動了攻擊。

入侵很順利，劉嘯只用了短短二十多秒，就成功得拿到了對方肉雞的管理許可權，進入電腦後，他趕緊去查日誌，結果發現這隻肉雞上的日誌記錄還是空的。

「靠！真他娘的邪門！」劉嘯有些鬱悶，對方擦腳印的速度快得都能趕得上飛毛腿導彈了！

劉嘯放棄了再來一次的念頭，對方一定是在使用肉雞的同時就開始清理腳印了，如果是這樣的話，即便自己再快上幾秒，也照樣查不出對方的真實ＩＰ位址。

劉嘯起身去洗了把臉，他覺得自己的思路應該變一變，吳越霸王能在這麼多肉雞之間切換得如此瀟灑自如，靠手工操作肯定是辦不到的，他應該是使用了一種自動化程度很高的木馬程式來控制這些肉雞，既然自己無法從日誌上得到對方的資訊，倒不妨去找一找對方的木馬程式。

劉嘯再次來到電腦跟前，重新連結剛才的那台肉雞，進入之後，他查了一下，確定吳越霸王已經離開了這台機器，然後就把自己的工具上傳過來，開始對肉雞進行分析。

工具很快檢測出了木馬，是個很典型的線程注入木馬，劉嘯用工具終止了木馬的運行，然後把木馬拷貝到自己的機器上。

木馬程式潛伏在肉雞中，伺機下木馬的人，也就是和吳越霸王聯繫，聯繫的方式大概可以分為兩種，第一，吳越霸王向那些已經被自己種了木馬的肉雞發送不間斷的連結請求，一旦肉雞進入互聯網，就會被吳越霸王控制，這種方式稱為正向連結；第二就是反向連結了，肉雞自己接入互聯網後，主動向吳越霸王發送消息，告訴吳越霸王自己上線了，可以進行連結。

正向連結比較盲目，也容易被發現，而且現實中，很多肉雞是藏在區域網之內的，直接用正向連結的話，是不可能連結到這些肉雞的，所以大部分的木馬都採用了反向式的連結，讓肉雞來主動連結自己。

但即便是這樣，還是會有一些問題存在，種馬者讓肉雞來聯繫自己，總得給肉雞一個聯繫的位址吧，這個位址，可以是一個郵箱，也可以是一個功能變數名稱，還可以是一個固定不變的ＩＰ位址。

劉嘯把對方的木馬拷貝過來，就是想知道木馬運行之後連結的位址到底是哪裡，只要找到這個地址，也就算是找到了對方的地址。

劉嘯把木馬放入自己電腦中的虛擬系統裏開始運行，然後打開嗅探器，開始監聽木馬的一切動向。果然，木馬剛一運行，就開始在後臺不斷地訪問一個功能變數名稱，也就是網址。

「果然還是老一套啊！」劉嘯「嘿嘿」一笑，主流的木馬基本都是採用這種連結方式，很少有下馬者會讓木馬直接連結自己的ＩＰ，這等於是主動暴露了自己，所以一般人都會採取功能變數名稱轉向的方式來連結。

劉嘯PING了一下那個功能變數名稱，得到一個ＩＰ位址，可是等他去連結這個ＩＰ位址的時候，卻發現這個ＩＰ已經離開了網路。劉嘯看看時間，已經快凌晨了，大概那個吳越霸王去休息了，劉嘯起身伸伸腰，看來是沒得搞了，等明天那廝上線之後再說吧。

第二天一早，張小花來到張氏，進來直奔劉嘯的辦公室，推門便喊：「有人要收我們的保護費？」

看她那神情，非但沒有一絲一毫的憂愁，反而是極度亢奮。

劉嘯大汗，「你不用這麼高興吧？」

張小花往劉嘯跟前一蹭，「快，說說，是誰那麼不長眼，竟然敢收我們的保護費，難道他們就沒聽說過我張小花剛剛擊敗了如雷貫耳的邪劍嗎？」

張小花一副臭屁模樣，看她那樣子，似乎早已忘了前幾天還曾和劉嘯發火的事情。

「唔，沒錯，他們昨天還要收保護費來著，結果我一提你的名字，他們就不敢收了！」劉嘯打趣著，說罷哈哈大笑。

「討厭！」張小花白了一眼，道：「快說，別跟我貧嘴！」

劉嘯收住笑，道：「已經差不多搞定了，來收我們保護費的是一個叫做吳越霸王的傢伙，真實資料未知，不過我已經大致確定了他的ＩＰ位址，只要他一上線，我就能攻下他的電腦，然後伺機拿到他威脅恐嚇我們的證據，順便確定這傢伙的真實位址。」

「你準備報警？」張小花問。

劉嘯點頭，「嗯，我等會兒就會跟網監大隊打招呼，等拿到證據，他們就可以抓人了。」

「就這樣？」張小花看著劉嘯，一陣搖頭，「太沒意思了，這也太便宜他們了。」

「那你想怎麼辦？」劉嘯看著她。

張小花想了想，「怎麼著也要讓他們吃點苦頭吧，要讓他們知道我們張氏不是好惹的，唔，吃完苦頭，我們再收他們的保護費。」

劉嘯一口水噴了出來，咳了半天，道：「姑奶奶，你還真敢，竟然要去收他們的保護費！」

「怎麼？想想也不行啊！」張小花不滿地撇著嘴，「反正你那辦法就是太沒意思了，再不濟也要……」

「行行行！」劉嘯趕緊打住張小花的話，再讓她說下去，還不曉得她要把吳越霸王怎麼樣呢，「你的意思我明白了，絕對按照你的指示去辦！」

張小花很滿意，把劉嘯拽起來，自己倒大咧咧往椅子裏一坐，「不錯，不錯，快，給我說說，你準備怎麼執行我的指示啊！」

「我準備打著你的旗號去威脅他們，恐嚇他們，如果他們不交保護費，我就……」劉嘯往遠處躲了幾步，「我就放小花去咬死他們！」

張小花站起來就撲了過去，「我先咬死你！」

劉嘯趕緊往外躲，沒躲幾步，口袋裏的手機響了起來，劉嘯忙掏出手機，對張小花做了一個「噓」的動作，然後按了接聽鍵。

張小花倒是不大聲叫嚷了，蹭到劉嘯身後，在劉嘯胳膊上挑了一塊肉，使勁掐了一下，低聲道：「叫你再笑話我！」說完，得意地坐回椅子裏去了。

電話是藍勝華打來的，「喂，劉嘯，你那邊沒出什麼事吧？」

劉嘯揉著發疼的胳膊，有些納悶，「沒有啊，怎麼了？」

「唔，那就好！」藍勝華頓了頓，「邪劍開始報復了！」

劉嘯有點意外，「不會吧？」

「我們公司的網站今天被他駭了，他更換了首頁內容，臨走還修改了我們網站伺服器的密碼，現在我們暫時使用備用伺服器，主伺服器的密碼還在破解中，估計得好幾個小時！」

藍勝華有些擔心，「我就是趕緊給你打個招呼，反正你那邊也注意點。唉，現在老大怒了，說要和邪劍不死不休！」

劉嘯點了點頭，「好，我知道了，我會注意的！」

「嗯，先掛了，有事再聯繫！」

藍勝華剛掛了電話，劉嘯就想起一事，那個吳越霸王會不會就是邪劍，或者是邪劍派來的呢？劉嘯想了想，這很有可能啊，邪劍要報復，又怎麼會放過張氏呢。

「什麼事啊？」張小花問。

劉嘯走到辦公桌前，開始操作電腦，一邊說道：「邪劍發飆了，今天把軟盟的網站給駭了，藍大哥提醒我們加強防範。」

劉嘯說著，打開了軟盟的網站，網站現在已經恢復，不過很多功能都暫時關閉了，但沒有任何公告。

劉嘯再去打開一個駭客網站，就發現軟盟被駭的消息已經登上了這些網站的頭條，點開一看，竟然還有當時網站被駭的截圖，螢幕上一柄滴血的劍，下面幾行大字：

「見利忘義、口蜜腹劍的小人，滾回去好好去看教科書吧，這麼點道行就不要在安全界丟人現眼了！」

劉嘯大汗，軟盟這次算是栽了，集合了那麼多國內的優秀駭客，竟然被邪劍擺了這麼一道，與其說這是軟盟的恥辱，倒不如說這是國內駭客們的恥集體辱，這也難怪老大要跟邪劍不死不休。

張小花把那圖片左看右看，最後嗤了口氣，道：「真幼稚！」

劉嘯哪顧得上這些細枝末節，他在想一個問題，如果那吳越霸王真是邪劍的話，事情似乎就有點琢磨不透了！按照邪劍的性子，他肯定不會看上那一點保護費的，他的眼裏只有報復！可是他要報復的話，直接來便是了，又何必多此一舉地弄出個收保護費呢，這也不符合他的作風啊！

劉嘯抓著頭皮，怎麼也想不通收保護費這一齣是從哪裡冒出來的！

「別抓了！」張小花站起來拖住劉嘯的胳膊，「走走走，趕緊去收拾那個吳越霸王！」

劉嘯站著沒動，「你別著急，就算要收拾他，也得等他上線啊！」劉嘯頓了頓，「現在軟盟被駭，我懷疑這吳越霸王極有可能就是邪劍，我們主動出擊怕是很難逮住他的把柄，我得想個更好的辦法才行！」

「那他什麼時候上線啊！」張小花坐回椅子裏，嘆了口氣，「我還想著今天來看熱鬧呢！啊啊啊啊！」

張小花一陣抓狂，「邪劍啊邪劍，你快上線吧！」

劉嘯狂汗，估計邪劍本來想來的，現在聽到這河東獅吼都被嚇回去了，他伸手在張小花的腦袋上敲了個爆栗，「別嚎了！讓我靜一靜，好好想想！」

張小花看劉嘯鎖著眉頭想了十來分鐘，就有些耐不住性子了，「你到底想好了沒有？」

「別吵別吵！」劉嘯剛琢磨出點思路又被打斷了，「我正在想！」

張小花看劉嘯一時半會兒也想不出什麼辦法，站起來，「我先回去了，等那個吳越霸王上線之後，你一定記得通知我！」

「好好好，我記住了！」劉嘯一聽此話，趕緊從椅子上跳了起來，像送瘟神一樣把張小花送了出去。

第五章　終極密碼

劉嘯這種工作做過很多次，大概花了十來分鐘的時間，就找到了超級密碼的位置。劉嘯一看，知道這是一種很普通的加密演算法，劉嘯找到這種加密演算法的解碼器，輸入這段字元，就得到了超級密碼。

劉嘯這麼謹慎，倒不是說怕了，如果吳越霸王真的是邪劍，劉嘯反而會更高興，他等了這麼久，就是在等一個和邪劍公平較量的機會。

雖說邪劍上次竊取劉嘯方案然後據為己有的行為相當地齷齪，劉嘯痛恨至極，但卻不會和邪劍一樣做出同樣下作齷齪的報復行為，他始終認為，要戰勝對手，就要像踏雪無痕那樣，光明正大，真刀真槍地打敗對方，就算再不濟，也應該像張小花那樣光明磊落。

所以，劉嘯現在是挖空心思，想弄出一個萬無一失的方案，要將那個吳越霸王，也可能是邪劍一把拍死，不能給對方任何反撲的機會。

看看辦公室也沒什麼事情可做，劉嘯索性關上辦公室的門，直接回了自己的房間。

打開電腦一看，那木馬程式還在鍥而不捨地訪問那個功能變數名稱，但連結還沒建立，吳越霸王也不知道在忙什麼事，竟然這麼長時間都沒上線。

劉嘯停止木馬的運行，然後打開反編譯軟體，他想看看這個木馬的結構和功能。

劉嘯以前曾研究過各種主流的木馬，如果吳越霸王的這個木馬不是他自己設計的，而是採用常見的木馬修改而成，那劉嘯想自己就應該會有辦法了。

將木馬反編譯之後，劉嘯打開自己以前研究過的木馬資料庫，這裏有他總結出來的各種木馬的特徵碼，只要在被反編譯出來的代碼裏尋找那些特徵碼，一旦出現相同的特徵碼，就可以說明這兩個木馬是同一個程式，或者說兩者之間存在一定的聯繫。

劉嘯編了個小程式，程式會按照劉嘯木馬資料庫裏的特徵碼逐條進行搜索，發現有相同的就記錄下來。

結果很快出來了，相同的特徵碼只有兩條，劉嘯查了一下資料庫，這兩條特徵碼都來自同一個木馬，由此看來，吳越霸王使用的木馬，肯定是和這個木馬有關係了。

劉嘯調出這個木馬的相關資料後，有點意外，這不是一個主流的木馬，是自己兩年前一個偶然的機會得到的。

當時劉嘯參加了一個反病毒的論壇，那裏都是一些民間的反病毒愛好者，他們最大的興趣就是搜集各種病毒和木馬，然後在一番分析之後，提出解決和清除的方案。

雖然事情過去了很久，但劉嘯對這個木馬還有一些印象，他記得當時論壇上有人放出這個木馬程式，說是剛剛捕獲到的，但是無法脫掉木馬的殼，希望高手來研究一下。劉嘯就把木馬程式下載了下來，後來花費了一個多月的時間，才找到程式的入口，順利脫殼，後來一番分析，找到了徹底清除木馬的方法。

可等劉嘯準備把自己的分析結果往論壇上發表的時候，卻發現大家都已經忘記了這個木馬，劉嘯當時也沒有什麼名氣，還屬於菜鳥級，就沒好意思再發表。

劉嘯看了看那兩條特徵碼，其中一條轉換過來，是字母「wufeifan」，這串字母極有可能就是木馬作者的名字了。劉嘯當年還特意查證了一番，在他所知道的圈裏人物中，並沒有人叫這個名字，所以劉嘯當年還很納悶，因為按照wufeifan給木馬加殼的技術來看，此人肯定是一個絕頂高手，絕不會籍籍無名。

另外一條特徵碼，是木馬守護程式中的一段代碼，因為很有技術代表性，劉嘯就把它也定為這個木馬的特徵之一。

通過這兩條特徵碼，已經可以得出一個基本的判斷，吳越霸王使用的這個木馬，應該就是由wufeifan設計的。劉嘯不由一陣嘆息，兩年前這個

wufeifan的技術就已經相當了得了，沒想時隔兩年，他的技術竟是一點進步都沒有，這點從那段守護程式的代碼就可以知道了，他採用的依舊是兩年前的守護手段。

「看來一個人一旦鑽進了錢眼裏，他的心裏就不再會有技術了！」

劉嘯嘆了口氣，有點替這個wufeifan惋惜，這個傢伙如果把全部心思都用在技術上，那他現在肯定絲毫不遜於五大高手了，可惜啊，這個傢伙把自己的精力都放在寫木馬和收保護費上了。

Wufeifan兩年前設計那個木馬程式的時候，曾設置了一個超級後門，這也是一般程式人的通病，總要為自己留一手。如果有人不小心中了木馬，只要按下wufeifan設計的一個組合鍵，就會啟動這個後門，然後輸入超級密碼，木馬的控制端和被控制端就會瞬間發生倒置，下馬者非但無法控制肉雞，反而會被肉雞的主人牢牢監控。

這種留一手的編程習慣可謂是根深蒂固，劉嘯不用猜也能知道，吳越霸王現在使用的這個木馬中肯定也存在超級後門。

「那這個吳越霸王可能就不是邪劍了，至少不會是邪劍本人。」劉嘯撓撓頭，邪劍這樣的高手擅長滲透和瞬間攻破，基本是不會使用到木馬的，即便是用，也絕不會用別人設計的木馬。

劉嘯暫時打住自己的想法，他得趕緊在這些反編譯過來的代碼中尋找wufeifan設置的超級密碼，以及啟動後門的方法。

好在劉嘯這種工作做過很多次，而且對於wufeifan的編寫習慣也不是第一次接觸，大概花了十來分鐘的時間，他就找到了超級密碼的位置所在。

把它轉換過來，是一段加密過的字元，劉嘯一看，就知道這是一種很普通的加密演算法，也很常見，劉嘯找到這種加密演算法的解碼器，輸入這段字元，就得到了超級密碼：

「100000000」

劉嘯不禁一陣狂汗，這個wufeifan真的是瘋了，從密碼上就能看出他的想法，他要賺一億，否則絕不會設定這麼一個弱智的密碼。

知道吳越霸王不是邪劍，劉嘯竟然有些失望，想像中的激烈對決肯定是不會有了，再加上沒有了報仇雪恨的動力，劉嘯心裏的鬥志頓時少了一大半。現在的吳越霸王就好像是砧板上的魚，他這個到處給別人下馬的傢伙，最後卻注定要死在自己的馬兒身上。

劉嘯將木馬放到自己的虛擬系統之中再次運行起來，然後就給吳越霸王的那些E-MAIL中發了一條消息：「有空嗎？我們談談。」

大概十來分鐘的時間，吳越霸王上線了，劉嘯看到自己的木馬成功和對方建立了連結。

吳越霸王的消息發了過來，「昨天怎麼不回消息？你們準備交多久的保護費？」

大概吳越霸王以為劉嘯主動來找自己，那肯定就是同意交保護費了。

「保護費的事情先不說，我有個問題想問你，你們這樣肆無忌憚地去收保護費，就沒有想到萬一失手被人抓住把柄怎麼辦？」劉嘯回道。

「哈哈哈，把柄？我不妨再給你說一句實話，網路中的東西都是虛擬的資料，看不見摸不著，想要抓個實實在在的把柄比登天還難。就拿現在來說，你明知道我在恐嚇你，可你有什麼辦法嗎？你連我是誰都不知道，我可以隨時隨地找到你，但你想要找到我，卻不是那麼容易的。」

吳越霸王似乎很得意，「其他的心思你最好別有，免得到時候偷雞不成反蝕把米。」

這句話可以算是威脅了，大概吳越霸王也聽出了劉嘯這個問題有不友好的意思。

「你真打算把這行幹到底了？」劉嘯繼續探問著。

「你煩不煩啊？」吳越霸王終於惱羞成怒，「既然是你喊我上線的，今天就必須給我一個答覆，錯過這次，就算你下次跪地求饒，我們也絕不會放過你們張氏。」

劉嘯嘆了口氣，不再回覆，繼而切換到自己的虛擬系統下，啟動了木馬的後門，片刻之間，劉嘯就通過木馬進入到了對方的電腦之中，他先把對方的日誌記錄，包括木馬的使用記錄統統拷貝到自己的電腦上，然後在對方的電腦裏尋找著有用的東西。

當看到對方木馬控制端的顯示時，劉嘯不禁大吃了一驚，吳越霸王掌握的肉雞竟然有好幾千台，此時上線的木馬也有四百多台。

劉嘯在對方的電腦上翻了翻，最後找到了一份檔案，這是吳越霸王做的一個報表，裏面有各個公司交保護費的詳細帳目，包括交了多少，交了幾個月，還有匯款的帳目帳戶，各種銀行大大小小的帳戶加起來，竟然有一百多個。

在檔案的最後，還附了另外一張表，上面是需要催繳以及還沒有交保護費的企業，張氏廖氏都在其上。

「靠！還真他娘的夠專業啊！」劉嘯暗罵一句，把對方機器上能搜羅的東西全部拷貝了過來，包括對方機器的用戶名，撥號用的帳號密碼，他統統複製了過來，憑著這些資訊，想要知道對方的物理位置，應該不難。

可憐那吳越霸王還不知道自己已經被人控制，傻乎乎地在那裏等著，看劉嘯半天沒回覆，就給劉嘯發來最後通牒：

「你到底是怎麼個意思？再不回覆的話，你可就再也沒有機會了！」

而他的這一行動，剛好被劉嘯全程監控下來，這些資料又被劉嘯當作證據保存了下來。

劉嘯笑笑，回道：「我也不會給你們機會了，儘管放馬過來吧！」

吳越霸王大怒，「好，你小子等著，以後有你們張氏的好果子吃！」

劉嘯懶得理他，該找的資料自己已經找到，剩下找出並抓住吳越霸王的事，那就不是自己能夠解決的了。

劉嘯把剛才得到的資料全部整理好，又特意往隨身碟裏做了備份，順手關掉電腦，坐在椅子裏嘆道：

「天作孽，猶可活，自作孽，不可活。該給的機會我都給你了，要怪就怪你自己不肯把握，事到如今，我也只好放小花咬你們了。」

此話一出，劉嘯腦門上冒出一層冷汗，自己竟然把張小花的吩咐給忘了，劉嘯急急忙忙翻出手機，通知張小花，「喂，小花，那個吳越霸王上線了！」

「好好好！」張小花大喜，「我馬上就到！」

劉嘯起身擦擦冷汗，把隨身碟往口袋裏一裝，再去看自己的胳膊，似乎早上被張小花擰的地方又開始變得青紫起來了，劉嘯感到頭皮一陣陣發緊，「乖乖，這下死定了！」

劉嘯剛一走進辦公室，張小花後腳就推門進來，進門直奔電腦，拽住滑鼠一陣亂點，「在哪？在哪？吳越霸王呢？」

劉嘯大汗，道：「你太慢了，他已經跑了！」

「啊？」張小花一陣失望，扔掉滑鼠，埋怨道：「你怎麼不拖住他啊！」

「沒事，他跑是跑了，但我已經拿到了他的資料，他的位置也基本被確定！」劉嘯舉起隨身碟，「所有資料都在這裏了，一會我就去網監報案，請求他們協助，等抓到了吳越霸王，你想怎麼看就怎麼看，呵呵。」

張小花很不爽，嘟囔道：「我都還沒來得及收他的保護費呢。」

「以後有的是機會！」劉嘯說著站了起來，「現在還有點時間，我去網監，你去不去？」

其實他也願意讓吳越霸王吃點虧，這傢伙平時都是用木馬操縱別人的電腦，也該讓這小子嘗嘗自己電腦被人操縱的滋味，可惜現在還不是時候，一旦打草驚蛇，這小子就會逃之夭夭，以後再想抓他就不會這麼容易了，而且張氏還得日日提防這小子的報復。

「走走走！」這裏的熱鬧沒看上，去網監看看熱鬧也行，張小花推著劉嘯就出了辦公室。

張小花自己開車來的，剛好載著劉嘯就去了警局。進去之後，兩人打聽清楚網監大隊的辦公室，就直接找上門來。

「你們有什麼事嗎？」看見進來兩個年輕人，裏面一個瘦高文氣的男員警出聲問道。

「我們是來報案的！」張小花道。

「報案？」那員警稍稍一愣，「報警是在樓下登記。」

「你們這裏不是網監大隊嗎？」張小花有點納悶，「我們就是找網監大隊報案。」

男員警大感意外，他來網監大隊工作一年多了，這還是頭一次看見有人直接找到這裏來報警，所以他以為這兩個年輕人是找錯了地方呢。

既然有人報案當然得處理，男員警只好走了過來，「來，這邊坐！」

在桌子上翻了一會兒，男員警就有點鬱悶，這裏平時啥也沒準備，因為根本沒想會有人來這裏報警，道：「你們先坐，我去拿登記表！」

男員警前腳出門，後腳就進來一個年輕的女警官，看見劉嘯二人坐在那裏，便問道：「這兩人是怎麼回事？」

「來報警的，頭！」裏面不知道誰回了一聲。

女警官走過來坐到兩人對面，「我是這裏的負責人，你們有什麼情況就對我說吧！」說著話，女警官把警帽一摘，順手放在桌上。

劉嘯頓時覺得眼前一亮，這女警官竟然出奇得年輕，而且還很漂亮，特別是那雙眼睛，清波蕩漾，顧盼生輝，有一種說不出來的吸引人的東西。

張小花看劉嘯沒回應，扭頭發現他正盯著人家女警官出神，在下面踹了劉嘯一腳，「快說！」

劉嘯咳了兩聲，道：「我是張氏企業網路事業部的經理，我叫劉嘯……」

張小花有些不滿，「我們這是報案，又沒人查你戶口。」

劉嘯大感鬱悶，繼續說道：

「事情是這樣的，前天晚上，我們公司總裁的秘書收到一封恐嚇郵件，有人以攻擊我們張氏企業的網路作為要脅，要讓我們繳納一筆保護費。」

女警官點了點頭，「你繼續說，說詳細點！」

「後來這件事由我接手，我一邊通過發送郵件的方式和發恐嚇信的人保持聯繫，假意商談，一邊開始追蹤此人的真實位置。到現在為止，我已經基本掌握了這人的資料，還有他勒索威脅我們張氏，以及收受其他一百多家企業保護費的證據。」

劉嘯說著拿出隨身隨，「這是我得到的全部資料，還有他和我的通信記錄，都在這上面了，我希望網監部門能夠介入此事，給予我們支援，早日抓到此人，保護我們商家的利益。如果有什麼需要我們協助的地方，我們一定配合。」

「哦？」女警官的眼睛亮了起來，「你是說你已經追蹤到了對方的位置？」

劉嘯點了點頭，「是的！他的資訊已經基本確定。」

女警官不以為然，「像這些職業駭客，大都警惕性非常高，尤其是這種收保護費的，組織嚴密，隱藏得很深，怎麼可能會被人輕易追蹤到！你的這些資料我們留下了，核實之後，我們會儘快介入的，一有消息我們就通知你們。」

正說著，剛才那個出去的男員警回來了，手裏拿著幾張登記表。

女警官站了起來，「好，你們登記一下，記得把聯繫方式留準確！」說完，轉身走到裏面一台電腦跟前坐下。

男員警笑呵呵地坐了下來，遞上一枝筆，「來，登記一下吧！」

張小花撇了撇嘴，女警官的態度讓她很不舒服，低聲嘀咕道：「只會說別人的厲害，跩什麼跩！」

沒想這句牢騷被男員警聽到了，道：「你可別瞎說，我們的頭厲害著呢，來我們封明市只有半年，已經破了好幾起網路大案。你知道我們頭的師父是誰嗎？」

劉嘯抬眼看了一下那男員警，然後繼續填著表格，在他看來，那些動不動就把自己師父抬出來撐門面的人，肯定也不會有啥大出息。

「我們頭的師父，就是大名鼎鼎的黃星，駭客五大高手之一的『中神通』。」男員警說的時候面帶得意之色，好像黃星是他師父一般。

他不說這個倒還罷了，一說這個，張小花就樂不可支地道：「中神通很厲害嗎？那個比他還要厲害的東邪邪劍，不也被我整慘了！」

此話一出，整屋子裏的人都朝這邊看了過來。

女警官走過來，盯著張小花看了半天，道：「我想起你了，你就是那個大鬧廖氏發佈會現場的女生？」

張小花很得意，「沒錯！」

女警官笑了笑，「你很厲害，雖說你當時拋給邪劍的問題有點取巧之嫌，也沒有什麼技術含量，不過，你的這份膽氣很讓我佩服，敢當眾挑戰駭客界的權威，這不是什麼人都能做到的。」

女警官擺擺手，把男員警請走，再次坐到兩人對面，「看來我剛才還真有點小看你們了。來，說吧，你們是怎麼追蹤到那個駭客的？」

劉嘯此時已經填好了表，把筆和表往對方跟前一推，道：

「其實也沒什麼，我給你的隨身碟裏，有一個木馬程式，威脅我們的人就是利用這種木馬程式控制了大量的肉雞，可惜的是，木馬的作者在設計這個木馬的時候就預設了一個後門，我利用這個後門成功追蹤到了對方！」

「現在我已經把所有的資料轉交給你了，麻煩你們多費心了。」劉嘯說罷站了起來，扯了扯張小花，「我們走吧！」

出了警局大門，張小花有些不解，「你怎麼回事？他們讓你說，你反而不說了！」

「該說的我都說了啊！」劉嘯拍拍張小花的腦袋，「我想看看那個黃星的徒弟是不是有真才實學，如果她有實力，就算我不明說，她也能很快追蹤到吳越霸王；如果她沒有實力，就算吳越霸王在她眼皮底下晃，她也抓不住！」

張小花打趣道：「你是不是看人家長得漂亮，打什麼歪主意啊？」

「去你的！」劉嘯在張小花屁股上踢了一腳，「我就是想看看她的水準！」

張小花吐著舌頭做鬼臉，「賊眉鼠眼的，鬼才信！」說完鑽進車裏，發動車子。

劉嘯看車子開走了，趕緊急走兩步，喊道：「死丫頭，你著什麼急，我還沒上車呢！」

張小花從車裏探出腦袋，「你坐警車去吧！」說罷，一踩油門跑了。

「死丫頭，真沒良心！」劉嘯鬱悶地看著車子消失，心想以後可再也不能坐這丫頭的車了，好在這次她是把自己扔在了警局門口，要是被扔到了什麼荒山野地的，那可就麻煩了！

張小花坐在正生大酒店的臺階上，左顧右盼，嘴裏嘀嘀咕咕，「這小子死哪裡去了？不會真的去坐警車了吧？」

張小花看看表，自己回來都已經兩個多小時了，那小子就是爬，也應該爬回來了啊。

正說著，一輛警車從旁邊車道上駛進，「嘎吱」一聲停在了酒店門口，劉嘯從車上跳了下來，衝著開車的人道：「謝謝你了，劉警官！」

「不客氣，回頭保持聯繫啊！」說話的正是剛才的女警官。車子隨即開走了。

張小花起身走了過來，道：「你還真的是去坐警車啊！」

劉嘯嘿嘿笑著，「我進警局說自己被人狠心拋棄街頭，不認識回家的路，警察叔叔，不，是警察姐姐就把我送了回來。」

「去死吧你！」張小花白了一眼，「鬼才信你的話呢，說，你是怎麼和那個女警官勾搭上的。」

「說起來，那個叫驚天地，泣鬼神，當時……啊！」

劉嘯剛想吹幾句，胳膊被張小花再次掐中，慘叫聲頓起。

張小花道：「別貧嘴，老實交代！」說著就把劉嘯拖進了酒店。

原來張小花走後，劉嘯覺得有些口渴，就在街頭買了根冰棒，坐在路邊的椅子上慢慢吃著，手機就響了起來，原來他和張小花前腳離開，網監大隊就運行了他隨身碟上的木馬程式，剛好吳越霸王在線上，當時他們一試劉嘯說的後門，果然順利監控了對方的電腦。

於是，那女警官一邊安排人手去確定吳越霸王的真實位置，一邊聯繫劉嘯再次核實情況。可憐劉嘯一根冰棒還沒吃完，就再次回到了警察局。

「就這麼簡單？」張小花有些不信，懷疑地盯著劉嘯看來看去。

「你以為有多複雜！」劉嘯讓張小花看得有些發毛，「那個吳越霸王的位置已經基本確定，在三羊市，劉警官已經聯繫了三羊市的警方，大概在這一兩天就可以安排抓捕方案了。」

張小花似乎對吳越霸王已經沒了興趣，看問不出什麼，就擺了擺手，

「我走了，反正你肯定是對那女警官有意思！」

劉嘯哪敢還口，陪著小心把張小花送走，這才鬆了口氣，趕緊咕嘟咕嘟灌了兩杯水，打開電腦，發現軟盟的網站已經恢復了正常，就拿起手機，給藍勝華撥了電話：

「藍大哥，我看你們的網站已經恢復了，邪劍入侵的漏洞找到沒有？」

「嗯，找到了！是網站的後臺程式出了漏洞。」藍勝華頓了頓，「現在這個問題是解決了，但就怕邪劍再找出新的漏洞，我們現在是二十四小時派人把守，一刻也不敢放鬆，軟盟真的不能再栽跟頭了！」

「總這麼防備也不是辦法啊！」

「暫時只能這樣，我們正在想解決的辦法，對了，邪劍沒難為你那邊吧？」

劉嘯笑笑，「我們的網路都還沒架好呢，邪劍想為難我們也沒辦法啊。」

「那就好！那就好！」藍勝華跟著笑，他倒是忘了這事，看來張氏項目推遲也不完全是件壞事。

「邪劍是沒來，不過，倒是來了個收保護費的網路黑社會！」劉嘯想起吳越霸王的事就想笑。

「保護費？」藍勝華的語氣有些驚訝，「怎麼會有這種事？」

「不知道是從哪冒出來的，實力不太強，現在已經被我搞定了，警方大概一兩天內就能實施抓捕。」

「那就好，反正你自己最近多小心，我先掛了，伺服器那邊還得我去忙！」藍勝華說完就掛了電話。

劉嘯去各大駭客站點的論壇逛了一圈，發現都在議論軟盟被駭的事，論壇亂成一鍋，不時有人跳出來爆內幕，說的卻都是一些捕風捉影的事，有的說是其他安全公司惡意挑釁，不過馬上就有人跳出來反對，這和網站被駭之後掛的那句話明顯不符，什麼叫做見利忘義，什麼叫做口蜜腹劍？這明顯就是私人恩怨嘛！

有的說是國外駭客攻擊，馬上就有人說這是長他人威風，滅自家威風。

不過也有一些細心的人根據圖片上的那把劍，一下子就聯想到了邪劍，不過這種聲音很微弱，說出去沒人相信，圈裏人都知道邪劍和龍出雲關係不錯，兩人當年還曾合開一個駭客站點。

至於其他的說法，那就更加荒謬了，什麼因情反目成仇，什麼合夥人釜底抽薪，反正是亂七八糟，什麼說法都有，劉嘯實在看不下去，只好關了論壇，去分析上次踏雪無痕入侵的資料。

第二天下午，劉警官打來電話，三羊市警方對吳越霸王的住所進行突擊檢查，發現已經人去樓空，屋裏遺留的電腦上的資料被徹底銷毀，警方什麼也沒有得到。劉警官希望劉嘯再來一趟網監大隊，商量一下事情的處理辦法。

劉嘯有些意外，怎麼會發生這種事情呢，那吳越霸王明明已經是甕中之鱉，竟然給跑了。難道這小子發現自己被監控了？

不可能啊，這種通過木馬作者預留的後門進行反控制的方法，是最不可能被發現的，所有的資料看上去就跟平時一模一樣。難道是自己哪個環節疏漏了，給對方露出了馬腳？

劉嘯仔細回憶了一下和吳越霸王對峙的全過程，似乎也沒有什麼疏漏的地方。

一時也想不出是什麼地方出了差錯，劉嘯只得起身先趕往警局。

第六章　請君入甕

「怎麼挖？」張小花繼續追問，「哪裡挖？現在他躲哪裡去了我們都不知道！」

「請君入甕、放火燒山、水淹七軍，反正我已經想好了各種計策，保證能讓這小子乖乖跳出來。」劉嘯似乎很有信心。

進了網監大隊的門，劉警官已經等在了那裏，「來，劉嘯，先坐！」

劉嘯剛一坐下，就開口問道：「劉警官，到底是怎麼回事，十拿九穩的事情，怎麼會讓對方給跑了？」他比較關心這個問題。

「主要怪我們有點大意！」劉警官給劉嘯倒了杯水，「昨天接到我們的協助請求後，三羊市的警方並沒有對犯罪嫌疑人吳越霸王立刻進行監控，而是在今天直接採取抓捕行動，結果吳越霸王就在這期間逃跑了。至於是哪個環節出了差錯，驚走犯罪嫌疑人，我們現在也正在調查。」

劉嘯無語，這下可好，自己是為了杜絕後患才找了警方，沒想到最後還是後患無窮。

「你也仔細回憶一下，吳越霸王的事情，你還對誰提起過？」劉警官詢問道。

「也沒有誰啊，就是張小花而已，可她是肯定不會洩露的，吳越霸王敲詐的可是她家的企業！」劉嘯不認為是自己這邊出了問題。

「再想想，再想想，我這也是隨便問問，想把情況弄清楚！」

劉嘯皺著眉頭想了半天，「再就沒誰了，知道有人敲詐的事，也就我、我們總裁、總裁的秘書、還有張小花，這些人都不可能走漏風聲。唔，對了，我想起來了，還有一個人知道。」

「是誰？」劉警官問。

「是我的一個朋友，不過他也沒有嫌疑，因為他只知道有人敲詐張氏，卻並不知道是誰在敲詐，而且，他的身分是網路安全公司的技術總監。」劉嘯說的就是藍勝華。

劉警官笑笑，「那也未必，你說說你這朋友的情況吧！」

「絕對不可能，昨天他們公司遭受駭客入侵，自顧不暇，哪有功夫管這閒事，何況我也就隨口一提，我對他的人品還是敢打包票的！」

「你說的是軟盟吧？」劉警官一下就反應了過來，「那你說的這個人就應該是藍勝華了。」

劉嘯不禁對這個漂亮的女警官刮目相看，自己只是稍稍一提，她馬上就能推敲出自己說的是誰，至少說明她每天都在關注整個圈子裏的事情，而且對圈裏的人物是瞭若指掌。年紀輕輕就能坐上網監大隊長的位子，看來絕非偶然啊。

劉警官似乎看出了劉嘯的驚訝，「昨天軟盟被駭的事情鬧得挺大，我也只是隨口一猜，呵呵。」

「你猜得沒錯，就是藍大哥。」既然說了，劉嘯也就沒必要隱瞞，道：「我是絕對相信藍大哥的，我認為可能是我們在技術上疏漏了什麼，讓吳越霸王有所警覺，這才得以逃脫。」

「唔，我們會繼續追查的，關鍵是接下來怎麼辦？」劉警官看著劉嘯。

「這個倒不用擔心，我們張氏的網路現在還沒搞起來，吳越霸王就是想要報復也沒辦法。」劉嘯笑了笑，「我倒不擔心他會來，而是擔心他不來，只要他敢再露面，我就能追蹤到他。」

劉警官也跟著笑了起來，「你很自信嘛！」

「我跟他交過手，所以這點自信還是有的。」

「嗯，放心吧，我們警方也會做好佈置，密切關注，只要吳越霸王露面，我們肯定會抓到他的。」劉警官頓了頓，問道：「對了，我看你技術很不錯，自己學的？還是有人教的？」

「自己喜歡，瞎琢磨的！」出了OTE之後，劉嘯就不在外人面前提及踏雪無痕的名字了，太神秘了。

「那你很厲害啊，自己琢磨就能達到這麼好的水準，又擔任了張氏這樣大企業的網路負責人。」劉警官笑道：「如果以後有機會，還要請你多多指教。」

「劉警官真會說笑，我哪能指教你。」

「不要老叫我劉警官了，咱們正式認識一下吧，我是封明市網監大隊的大隊長，我叫劉晨。」劉警官學著昨天劉嘯自我介紹時的口氣，說完俏皮地眨了眨眼睛，伸出了手。

「很高興認識你！」劉嘯握了一下手，又習慣性地說了一句「劉警官！」隨即意識到不對，看著劉晨，不好意思地笑著。

劉晨看看表，道：「該下班了，走吧，我送你回去，反正也順路。」

劉嘯站了起來，「那多不好意思，這是第二次了！」

「走走走，客氣什麼！」劉晨推著劉嘯就出了網監大隊的門。

在車上，劉晨突然問道：「軟盟被駭的事情，你分析會是誰幹的？」

「這個……」劉嘯不知道該怎麼說，於是反問，「你認為會是誰？」

劉晨笑笑，「看來你是想考考我啊！說實話，其實我很清楚是誰幹的，但我不能說，做我們這行的，每說一句話，都要講究證據。而且軟盟事後沒有向我們警方提出協助調查的請求，我們就不能插手，就算我知道是誰幹的那也沒用。」

「看來你對這個圈子裏的恩怨很熟啊！」

「那當然！」劉晨一臉得意，「也不看看我師父是誰。」

劉嘯笑笑，他竟然忘記這事了，老大和邪劍之間當年的恩怨，黃星也算是當事人，自然能猜出是邪劍駭了軟盟的網站。

「以前我上學的時候，覺得駭客很神秘，很厲害，於是喜歡上了這行。可等我做了網監，我才發現，駭客圈一點都不好玩，就好像是武俠小說中的江湖，網監就是六扇門，我們有我們的原則，他們有他們的規矩，他們輕易不招惹我們，但也不願意我們插手他們的恩怨。如果我們冒然插手，他們非但不會感激，反而會認為我們是多管閒事，可能反手就找個機會給我們難堪。」

劉晨無奈地搖了搖頭。

劉嘯仔細想想，也確實如此，比如上次邪劍盜竊自己方案的事，自己完全可以報警的，但自己也沒有報警，而是選擇了再等機會擊敗邪劍，與其說自己傻，倒不如說自己骨子裏保存著一絲駭客的底氣。你可以打倒我，擊敗我，但你休想從我嘴裏聽到一個「服」字。現在大概也只有在駭客圈，才保留著這種古老的江湖規矩，他們認為去找網監幫忙，本身就是一種認慫的行為。

兩人說著話，車子很快就到了張氏的樓下，劉晨停穩車子，看著劉嘯，很認真地說道：「這次吳越霸王逃跑，我知道你肯定是不會甘休的，你可以去把他揪出來，但有一點，你的所有行為，必須在我們的原則範圍之內！否則的話，即便是朋友，我也會不客氣的！」

「知道了！」劉嘯跳下車，心情很爽，劉晨的話非但沒有束縛住劉嘯，反而讓劉嘯知道，在這個圈裏規則的允許範圍之內，原來自己還能做很多的事情。

他推上車門，向劉晨道別：「你放心吧！」

車子開走之後，劉嘯就在自己嘴巴上狠狠抽了一下，「靠，我以前真是太他媽的良民了！」劉嘯很後悔，自己真不該去報警，劉晨最後這些話的意思很明確：你自己又不是搞不定那些敲詐者，為什麼還要來找我們呢。在劉晨的眼裏，劉嘯非但不是個良民，反而是個破壞圈內規矩的分子。

或許劉晨不是這個意思，但劉嘯覺得就是，他覺得自己給駭客這塊招牌抹黑了，丟臉了，換了是邪劍或龍出雲，如果有人去收他們的保護費，他們會去報警嗎？肯定不會，他們會像張小花那樣，搞定對方，然後去收對方的保護費。

劉嘯敲敲自己的腦袋，他終於不得不承認一個事實，張小花似乎比自己更有做駭客的天分。而自己，根本就是一個理想主義者，是一個綿羊化了的駭客。幫張小花去找入侵的駭客，經過授權在張氏實施擺渡攻擊，自己可以發揮出所有的能力，無所禁忌，而在邪劍的事情上，自己卻縮手縮腳，認為這個不對，那個不好，反而沒了個主見。

劉嘯覺得自己這段時間真是丟人，所有的事情說到底，不就是個私人恩怨嗎？有人迎面給了自己一巴掌，然後還朝著自己臉上吐口痰，凡是稍微有血性的都開幹了，而自己卻像個小媳婦似的，只會跑到網監那裏哭哭啼啼。

劉嘯再抽了自己一個嘴巴，「媽的！窩囊！」

回到房間，坐在電腦前，劉嘯不免有些感慨，想那些已經成名的駭客高手，有誰會像自己這麼窩囊，不管是邪劍、龍出雲，或者是黃星，他們的威名不是誰都可以賦予的，那都是實打實賺回來的，他們的身上，個個都有一段傳奇。

古時有劍客，為了提高劍藝，遍走天下，到處去和成名的劍客比劍，屢戰屢敗、屢敗屢戰，最後成為令人景仰的大劍客。劉嘯有點悶，自己口口聲聲說要挑翻這些駭客高手，卻連個挑戰書也不敢發，縮在這裏，難道是要等別人來挑戰自己不成？

劉晨今天的話徹底點醒了劉嘯，他決定也去創造一個屬於自己的傳奇。

「來吧，吳越霸王，你就是我的第一戰！」劉嘯咬咬牙，這一次，他要完全依靠自己，用駭客獨有的江湖規矩，去把這件事情了結。

也活該吳越霸王倒楣，收誰的保護費不好，偏偏要收張氏的，整個張氏，除了劉嘯的電腦外，連個網路的影子都沒有，張氏最不怕的，就是別人來攻擊自己連影子都沒有的網路。在這方面，張氏可以說是有恃無恐，劉嘯也敢放開手腳去幹。

得知吳越霸王逃走，張小花俏眼瞪著劉嘯，「不是說十拿九穩的嗎？」繼而恨恨說道：「我就知道網監的人靠不住，尤其是那個女的！」

劉嘯大汗，也不知道張小花對劉晨哪來這麼大的恨意。

「切！」張小花鼻孔裏嗤了口氣，她才不信呢，「那現在怎麼辦？」

「沒事！」劉嘯擺擺手，陰陰地笑道，「那吳越霸王跑不了的，就算他躲到天涯海角，我也能把他挖出來。」

「怎麼挖？」張小花繼續追問，「哪裡挖？現在他躲哪裡去了我們都不知道！」

「請君入甕、放火燒山、水淹七軍，反正我已經想好了各種計策，保證能讓這小子乖乖跳出來。」劉嘯似乎很有信心。

張小花來了興趣，拽住劉嘯，「好好好，趕緊說說，怎麼個燒法，怎麼個水淹七軍？」

劉嘯笑了笑，「你不問我，我也要找你，那個請君入甕還要你來配合一下。」

「我？」張小花有點納悶，「我什麼都不會，怎麼請啊？」

「我昨天晚上已經準備得差不多了。」劉嘯從辦公桌上抽出一張紙，「你先看看這個。」

「贏政有限公司？」張小花有點奇怪，紙上是一個公司的名字，下面是公司網址，還有公司的經營範圍，企業法人代表，以及各種資料，包括工商註冊號都有，「你給我看這個幹什麼？」

「一會兒我再給你幾個論壇的網址和帳號，你到這些論壇去發帖子，就說自己公司的網站遭到了駭客攻擊，需要尋求幫助，內容格式就按照你上次在學校貼的那個懸賞海報來。」劉嘯看著張小花，「記得，一定要以這個贏政公司的名義去發。」

「幹什麼？」張小花似乎有點回過味了，「你是想用這個帖子引那些收保護費的人現身？」

劉嘯點點頭，「嗯，我去觀察過了，這幾個論壇有那些網路流氓集團的人出現，也經常會有人去求助，在這裏發帖，他們應該可以看得到。」

「可萬一吳越霸王他們不露面呢？」

「那也沒關係，我不是還有其他兩計嘛！」劉嘯頓了頓，「不過，我們現在只能先用這招請君入甕，而且還要小心些，不能讓人看出破綻。我一會兒再給你一個特製的代理軟體，你發帖子的時候打開，這樣，你在那些論壇上顯示出來的ＩＰ位址就和贏政公司網站的ＩＰ是一樣的。」

「好麻煩，乾脆直接火燒水淹算了！」張小花撇了撇嘴。

「不是告訴你現在只能請君入甕嗎？」劉嘯敲了張小花一個爆栗，「你說，那吳越霸王為什麼會突然消失？」

「我怎麼知道！」張小花摸著腦袋，「我又不是神仙，更不是他肚子裏的蛔蟲。」

劉嘯數著手指，「不外乎以下幾個原因：一，臨時決定換地方，做這種事情的人，通常都會打一槍換一個地方，這次只是湊巧趕上了；二，我們露出了破綻，或者對方只是出於一種駭客的直覺，意識到了潛在危險，然後逃逸；三，就是有人洩密，不過這種可能微乎其微。」

「現在知道為什麼只能請君入甕了吧！」劉嘯瞥著張小花，「如果對方是因為第一種原因逃逸，想要揪出他，那就太容易了，說不定過幾天他自己安頓好，都會主動找上門來，要繼續收我們張氏的保護費呢。但如果是後兩者的話，那就麻煩了，對方短時間內肯定不會露面了，他得潛伏起來觀察一段時間，等確定自己是絕對安全的，他才會出來，但我們不能這麼傻等下去，天知道他會觀察多久。」

「現在的問題是，我們還無法確定究竟是哪種可能，所以我們暫時還不能採取太激烈的手段，就先來個比較溫和的請君入甕，這種企業尋求幫助的事情每天都有，很平常，不會引起太大懷疑，只要他吳越霸王還準備繼續幹這一行，他就會試探性地接觸。如果不成，等時機稍微成熟，我們再用後兩計。」

張小花點點頭，這話似乎是有些道理的，如果一上來動靜太大，對方肯定就會有所警覺，說不定因此會不再露面，不過，她還是對後面兩種辦法的興趣要大一些，道：「那到時候那個火燒水淹，還是由我來執行吧！」

劉嘯大汗，你知道怎麼個火燒水淹嗎，就搶著要幹，只好敷衍道：「到時候再說吧，你先把這事做好！」

張小花最擅長的就是忽悠和整人，劉嘯讓她去幹這事，可謂是正合了她的胃口，她很高興，拍著胸脯保證一定能做好，當下把劉嘯給的那張紙裝好，再拿了劉嘯提供的帳號和特製工具，興奮地回家去了。

自打陰了邪劍一把之後，張小花就滅駭客滅上了癮，她恨不得自己的帖子能立刻被吳越霸王看見。

張小花一走，劉嘯便也開始行動了，他把上次得到的資料拉出來，開始做著分析和統計，希望把吳越霸王的資料再落實得詳細準確一些。拖上幾天，一旦張小花那邊不見動靜，自己就得直接出手，逼吳越霸王現形。

劉嘯登上好久不上的論壇，就是那個反病毒愛好者的論壇，這是一個私密論壇版塊，不是反病毒的忠實擁護者，是進不到這裏來的。

劉嘯也發佈了一個尋求幫助的帖子，他把這次捕獲的吳越霸王的那個木馬，總結出了幾段新的特徵碼，發在了論壇上，希望所有的反病毒反木馬的高手，幫助自己去捕獲所有符合這些特徵的木馬。

劉嘯此舉也算是請君入甕，他敢保證，吳越霸王肯定捨不得他那幾千台肉雞，他不知道要經營多久，才能得到如此數量的肉雞，吳越霸王遲早還會和自己的這些肉雞聯繫的。這也是反向連結木馬的好處，只要那個功能變數名稱還在吳越霸王的手裏，到時候他只需把功能變數名稱轉向到自己的新地址，幾千台肉雞就會再次回歸懷抱。劉嘯一直都把對方的那個木馬運行著，遲早會連結上的。

劉嘯讓人幫著捕獲相同的木馬，是他想吳越霸王消失，並不代表他的生意就會因此終結，他的背後肯定有一個集團，或許他們集團中的人使用的都是同一種木馬，自己讓人幫著捕獲這種木馬，也抱著萬一中獎的心理，說不定還就真的抓到他們集團中的其他人，那時候自己也就不必死盯著吳越霸王一個人。

論壇上的人看消失已久的劉嘯突然露面，個個意外無比，紛紛頂帖問候。經過幾年打拼，劉嘯已經在這個論壇建立了自己的威信，平時大家有什麼解決不了的，都喜歡來找劉嘯，他這一連兩三個月不露面，可是把一些人給愁壞了。

劉嘯只好一一回覆：「最近忙著畢業的事情，沒空上線，多謝大家掛念。」

他剛回覆完，論壇就冒出了新帖，還指名道姓說讓劉嘯進來看看，劉嘯點進去一看，是論壇一個熟人發的，他捕獲到了一個新的病毒，研究了好幾天，沒弄出個樣子，希望劉嘯給看看，指點一下。

劉嘯剛求了別人辦事，自然不好馬上就推辭別人的請求，只好把對方提供的病毒樣本下載了一份回來，然後很謙虛地回了帖，說自己會儘快研究明白，給樓主一個答覆，但指點是萬萬不敢當的。

自己的事情還沒弄好呢，又接了這攤子事，劉嘯不禁有些發愁，不過既然已經答應了別人，就是再頭疼也得做啊。

正發愁著，張小花的電話打了過來，「我的帖子都發了一個小時了，怎麼沒有一個人聯繫我啊！」

「再等等，再等等！」劉嘯保證，「他們現在一定是在核實情況，等核實清楚後，肯定會有人聯繫你的。」

「那要等到猴年馬月啊！」張小花有些喪氣，「害我在電腦前白白蹲守了一個小時，現在眼睛都花了！」

劉嘯狂汗，「你不用這麼認真吧！有什麼事就先去忙好了，半天去看一回就行！」

「我能有什麼事情啊！」張小花百無聊賴地回答著，「你在忙什麼呢？」

「我在分析東西，給後面的事情做準備！」

「那我過去看你做準備吧！」張小花突然說道，似乎怕劉嘯自己偷偷地弄了。

「別別別！」劉嘯趕緊打住她的話，心想：你來了又幫不上什麼忙，幫不上忙也就算了，就怕你幫倒忙，「你看好論壇的帖子就行了！」

「那好吧！這可是你說的！」張小花似乎有些生氣，啪吱掛了電話。

劉嘯一聽此話，便知不妙，果不其然，張小花發飆了，此後她每隔十來分鐘，就會打來一個電話，名為彙報情況，其實就是發洩不滿。搞得劉嘯很鬱悶，什麼也幹不成，分析個資料，剛看進去個開頭，電話就響，不接也不行。

最後劉嘯徹底崩潰，「姑奶奶，求求你，消停會兒行不行?!」

「我這是在幫你工作好不好？」張小花耍起無賴了。

劉嘯沒辦法，咬咬牙，「好好好，你來吧，不過只能看，不許騷擾我工作。」

劉嘯沒說完，張小花那邊已經叫喚著掛了電話，不到半個小時的時間，張小花就抱著自己的手提電腦殺到了劉嘯的房間。

劉嘯幫她支好電腦，接了網路，「好，你就守著論壇吧，我去分析資料，記得不要騷擾我，否則我就把你攆出去。」

「安啦安啦！」張小花擺擺手，順手從自己包裏拿出一本書，「我早有準備，我看我的書，絕不打擾你！」

劉嘯看了一眼，有點意外，這丫頭也不知道又是哪根筋搭錯了，竟然拿了一本《電腦網路技術》，看書頁，就知道是從學校圖書館借的。

劉嘯丈二和尚摸不著頭腦，心想這丫頭是不是傻了，怎麼看起了這種書?!劉嘯一臉納悶地坐回自己電腦前，不時斜眼瞥一下，發現張小花看得還挺認真，時不時地還做個筆記。

「幻覺，一定是幻覺！」劉嘯心裏暗自提醒著自己，深吸幾口氣，才把心思轉移到分析資料上。

第七章　囊中之物

劉嘯回到自己的電腦上。吳越霸王、還有那個破六寒，此刻都已經成為了劉嘯的囊中之物，只要劉嘯願意，他可以隨時進入到對方的電腦裏，但劉嘯反倒不急著去收拾這兩個傢伙了，他有新的想法。

一連兩三天，張小花跟上班似的，早上抱著電腦來劉嘯房間，晚上又抱著電腦回家，張春生就納了悶，心想這兩人整天躲屋子裏，是不是在搞什麼啊？派秘書去打探了幾回，每次結果都一樣，兩人各自抱著一台電腦，不知道在忙啥。張春生不放心，又讓酒店的服務生打著各種幌子去「突擊檢查」，結果依然如此。

張春生這下徹底糊塗了，不知道這兩人在搞什麼把戲，說他們之間沒什麼吧，似乎不是，兩人整天待在屋裏不出來，誰能保證不出點事？但要說他們之間有什麼吧，似乎也是捕風捉影，並沒有發現什麼呀，那他們整天待屋裏又是為了什麼？

張春生思來想去，想不明白，坐在辦公室裏怎麼也不安心，他就這一寶貝女兒，而且是自己獨力拉拔大的，他把張小花看得比一切都重要，他不管自己是不是想多了，反正他不願意看到自己女兒傳出什麼不好的事情來。

「不行！我得管管！」張春生站了起來，準備親自去劉嘯房裏一趟，給這對年輕人提醒一下。

他對劉嘯是有不少的好感，但要說讓張小花和劉嘯發展成情人關係，他還是有點不滿意的，至少他覺得劉嘯不夠優秀，除了電腦水準外，劉嘯在其他任何方面都和自己的女兒有著太大的差距。

在他的心裏，自己女兒是天底下最好的女孩。她的交往對象，自己一定要嚴格把關，千挑萬選，務必選一個各方面都是最最優秀的出來。

張春生還沒出辦公室的門，張小花氣沖沖地就殺了進來，「老爸，你鬧夠了沒有！」

「我鬧什麼？」張春生假裝不知，耍起了無賴，「你怎麼這麼對我說話！」

「你讓小李和服務生沒完沒了往我們房間裏跑，你還讓不讓我們做事了？」張小花的臉都氣紅了。

「沒有啊！」張春生繼續抵賴，「小李秘書和服務生，那都是工作需要嘛！」

張春生說完，坐回自己的椅子裏，「再說，你能做什麼事？你以後沒事別老待在劉嘯的房裏，你這樣會影響他做事的！」

「誰說我就不能做事了？」張小花拍著張春生的桌子，「你這是對我的偏見！」

「好好好，是我偏見，是我偏見。」張春生從辦公桌裏走出來，笑呵呵地把張小花攏到一邊的沙發上坐下，「我女兒是最能幹的好不好？」

「那你還這樣做？」張小花依舊很生氣。

「別生氣啦，是我錯了行不行？」張春生依舊笑咪咪，「可我這也是為了你好啊！你想想，堂堂的張氏掌門千金，沒事就鑽到一個男人的房裏，一待就是一天，形象多不好呀；現在整個酒店的人都在嚼舌頭了，這要是再給傳到外面去，對你的名譽多不好啊！」

「誰愛嚼就嚼去！」張小花恨恨地說著，「最好把他們的舌頭都嚼爛了！」

「話也不能這麼說，那個成語叫什麼來著……」張春生搜腸刮肚想了半天，「對，就是那個人言可畏，你總得注意點形象吧！」

「我看就是你在懷疑吧！」張小花大眼瞪著自己的父親。

「我絕對沒有懷疑！」張春生拍著胸脯，「你也大了，交什麼樣的人是你的自由。但是，作為父親，我想我還是有義務保護你的。你給我說句實話，你是不是和劉嘯有那個意思？」

「哪個意思？哪個意思？」張小花當即跳了起來，「你們怎麼都這麼俗，兩人在一塊就是有意思？那你和小李天天在一起，是不是也有意思？」

「混帳！」張春生也火了，氣得滿臉通紅。

門口的秘書小李也是極為尷尬，傻乎乎地坐在那裏，手足無措，都不知道自己該幹啥好了。

張氏父女誰也不讓誰，正在那大眼瞪小眼時，劉嘯突然跑了進來，很興奮地道：「小花，快去看看，我找到了，那個傢伙終於被我逮住了尾巴！」

說完，劉嘯才發現氣氛有點不對，再看看秘書小李手足無措的樣子，他才意識到自己似乎來的不是時候，撓撓頭，「那……，那我先回去了。」

「我也走！」張小花跟著往門口走去。

「不急不急，你先談事！」劉嘯急忙擺手。

「讓你走就走，廢什麼話呀！」張小花朝劉嘯罵了一句，把他推了出去。

劉嘯讓反病毒論壇的高手幫自己捕獲吳越霸王使用的那種木馬程式，這兩天有不少人都捕獲到了，劉嘯逐個鑒別了後，發現全是吳越霸王的。

可就在張小花出去的這一會兒功夫，論壇上又放出了一個，一剛捕獲，劉嘯一鑒別，發現這個木馬反向連結的位址，是一個完全不同的變數名稱；也就是說，這個木馬極有可能是吳越霸王的同夥使用的。劉嘯興沖沖跑去喊張小花，沒想到碰到那麼尷尬的場面。

張小花聽完劉嘯說的這些，不住點頭，也不知道她是不是聽懂了，只是問道：「那你接下來準備怎麼辦？」

「反監控，徹底控制這個傢伙，看看他是不是吳越霸王的同夥。如果是的話，我們就在他的電腦上搜集資料，確認他的位置。這期間不能打草驚蛇，一定要徹底查清楚他的資料。包括他上三代下三代，我都要查清楚。」劉嘯發了句狠話，「另外，還要繼續捕獲這種木馬，想辦法挖出他的全部同夥。」

張小花「哦」了一聲，有些意興闌珊，「那論壇還要不要繼續守著？」

「先守著！等我確定一下這傢伙的身分，如果真是吳越霸王的同夥，那論壇那邊就可以撤了。」劉嘯沒察覺到張小花的情緒有些低落。

張小花回到自己的電腦前，呆呆地坐了一會，突然站了起來，「我今天心情不好，先回去了，電腦就先放你這兒。」

「怎麼了？」劉嘯此時才發覺張小花有些不對勁，急忙問道：「是不是出什麼事了？」

「沒事，就是心情不好！」張小花說著就要走。

「真的沒事？」劉嘯趕緊起身去追，「你有事就說，說出來就好受點，我也能幫幫你！」

「都說了沒事！」張小花很不耐煩，「啪」地拉上了門，後面的劉嘯幸虧收手快，否則就被夾了手。等他再追出來，張小花已經進電梯下樓去了。

「怎麼了這是？」劉嘯摸摸下巴，「我今天沒得罪她吧？」搖搖頭，趕緊回到房間，現在剛有點線索，得抓緊時效。

劉嘯把吳越霸王的木馬修改了一下，將反向連結的位址改成了今天捕獲的這個新變數名稱，結果發現也是連結不上，變數名稱轉向的ＩＰ位址無法上線，劉嘯興奮的勁頭立刻少了一大半。

這個ＩＰ也是來自三羊市，看來和吳越霸王有點關係，此刻連不上，是這傢伙也跟著逃逸了呢，還是只是暫時不行？

劉嘯等了一會兒，那木馬還是連不上，劉嘯只好放棄等待，到防病毒論壇看了看，沒有新的木馬被放出來，劉嘯再往下翻了翻，就看到那個讓自己幫忙分析病毒樣本的帖子。

「啊，我怎麼把這事給忘了！」劉嘯拍著自己的腦門，別人為自己的事忙乎了幾天，自己卻把別人的事給忘得一乾二淨，劉嘯真心覺得有點對不住別人。

他趕緊把上次下載的病毒樣本翻了出來，把它放到虛擬系統中運行，把病毒運行後的所有動作做了記錄，然後把記錄發到自己的真實系統中，開始分析了起來。

大概流覽一遍記錄，劉嘯就清楚了這個病毒的威力，也不算是很厲害，只是針對軟體和資料來進行破壞，對硬體並無什麼危害。首先是病毒會修改系統檔關聯，保證自己時刻運行，還有，就是會生出一大堆守護進程，讓你無法終止病毒的運行。最大的破壞力，就是這個病毒會和系統中所有的可執行程式捆綁合併，也就是說，系統中有多少個可執行程式，就會有多少個病毒，加大了用戶清除病毒的難度。

不過，這樣的病毒也不在少數，不稀奇，劉嘯再把病毒運行的記錄分析了一遍，沒有找到什麼新的發現，病毒沒有任何後門，也沒有什麼傳播方式，看來這只是一個病毒的雛形樣本，除非是有人故意把它種到你的機器上，否則是沒有任何威力可言的。

劉嘯從虛擬系統中拽出一個被病毒捆綁合併了的檔案，然後將這個檔案反編譯。劉嘯看了看反編譯過來的代碼，有些納悶，這個病毒的代碼很好區分啊，就好比是水和油，用戶自己的程式是水，病毒是油，把油倒進了水裏，便會上下分明；又好比是紅藍鉛筆，用戶的程式是紅的，病毒是藍的，雖然兩者合成了一根鉛筆，但肉眼一看就能分出來。

在這麼明顯的情況下，要把病毒刪除掉，是很容易辦到的啊。論壇上向劉嘯求助的那人也是一個反病毒的高手，怎麼會這麼簡單的病毒都弄不清楚，劉嘯有些想不通。

「難道是病毒加密了？」劉嘯趕緊去看自己的反編譯工具，這個工具是他自己做的，會自動解密脫殼。

一看之下，劉嘯驚訝無比，這個病毒的加密方法，竟然是wufeifan當年那個木馬的加密方法，劉嘯再去打開吳越霸王的木馬，發現木馬也是加密的，都是同樣一種加密方法。只是劉嘯的工具把解密工作自動完成了，所以劉嘯之前沒注意到這個問題。

「不會吧，難道這個病毒也是wufeifan的作品？」劉嘯趕緊在病毒的代碼裏尋找「wufeifan」字樣。果然，工具彈出提示「已找到」，然後自動定位到了wufeifan的位置。

「不會吧！」劉嘯一時有點反應不及，這也太巧了吧，巧得都有些匪夷所思了。

幾年前，自己從這個論壇上下載到wufeifan的木馬，此後這種木馬便一直銷聲匿跡，從沒有出現過，直到吳越霸王出現，這種木馬才重現江湖。緊接著，自己便又從論壇上下載到了wufeifan的病毒程式，木馬和病毒同時現身，這中間會不會有什麼關聯呢？

劉嘯趕緊登上論壇，給那個向自己求助的人發去消息，詢問他是在什麼地方得到了這個病毒的樣本。那人發回來消息，說是自己負責的一個企業的網站被駭了，之後駭客掛上了這種病毒，幸虧自己發現得早，及時刪除了網頁中的惡意代碼，並且找到了駭客存放在網站伺服器中的病毒樣本，但是這病毒是加密過的，自己搞了幾天無法解密，這才請劉嘯幫忙。

這和劉嘯猜想的基本一致，病毒本身沒有設計傳播功能，那就只能用這種依靠外界的手段來傳播。

當年wufeifan的那個木馬，剛開始也是無毒無害的，可後來卻被用來搞肉雞，去收企業的保護費，以此來推測，wufeifan現在的這個病毒也應該只是拋到互聯網上來檢驗一下存活能力，檢驗結束後，他才會設計病毒的本身傳播複製功能，以及一些隱藏的功能。

劉嘯給那人回了消息，說自己已經解開了病毒的殼，現在立刻著手製作徹底清除病毒的工具，他讓那人稍微等候一個小時。

一個小時後，劉嘯把專門殺這個病毒的工具上傳到了論壇，他給這個病毒起名「wu氏病毒」，按照慣例，他揪出十多條這個病毒的特徵碼來一起公佈，並在帖子裏發佈了病毒預警，希望大家提高警惕，說不定這種病毒的變種很快就會漫捲而來。

這倒不是劉嘯在故意危言聳聽，既然那wufeifan要賺一億，僅僅靠收企業保護費，肯定是遠遠不夠的，他現在搞了這個病毒，自然就是想在這個病毒的身上做文章，只是劉嘯還無法確定wufeifan究竟會搞到哪一步，所以只能提前給大家打個預防針。

混跡這個論壇的人，有很多是專業殺毒軟體企業的技術員，劉嘯希望自己的帖子能引起他們的注意，做好病毒庫的升級工作。

劉嘯發完帖子，又特別聯繫了一下那個向自己求助的人，給他發了一份小工具，是自己設計用來給wu氏病毒解密脫殼的工具。

做完這些，木馬還是沒有連上，劉嘯只得跑到張小花的那台電腦跟前；張小花這一走，守著論壇的工作也得劉嘯來做了。

劉嘯挨個把張小花發的帖子看了一遍，都沒有新的回覆，劉嘯有些失望，這甕都擺了好幾天，可對方就是不進來，看來這招是不行了。如果木馬那邊也聯繫不上的話，那自己就只好來硬的了。

劉嘯起身準備關掉網頁，連續關掉幾個之後，他突然停住，然後又拼命地打開剛才的帖子，剛才似乎自己看到了「吳越」兩個字眼。

他再仔細找了一遍，果然，其中一個論壇冒出了新帖：

「求助：企業受到吳越家族敲詐，有人瞭解這個吳越家族嗎？」

劉嘯趕緊點開去看，發帖的人說自己的公司剛剛建立了一套網路系統，今天下午便收到了一個自稱是吳越家族的人的郵件，讓交保護費，否則就對公司的網路系統進行攻擊。發帖的人想知道這個吳越家族是不是真的，還有沒有其他公司也收到過類似的勒索敲詐。

「奶奶的，還是老一套啊！」劉嘯有點激動，這真是「踏破鐵鞋無覓處，得來全不費功夫。」自己以為吳越霸王他們躲起來不敢露面了呢，沒想到這幫鳥人的勾當一直都在繼續。

劉嘯用論壇的短訊和發帖的人聯繫，「你好，我瞭解吳越家族，我需要知道你們被敲詐勒索的細節。」

發帖人的論壇ＩＤ叫做「破六寒」，他很快發來了消息：

「你是誰？你怎麼會瞭解吳越家族？」

「我的公司也被他們勒索過，我和他們交過手！」

「哦，那用ＱＱ詳談吧！」破六寒發來一個ＱＱ號碼。

劉嘯回到自己的電腦上，打開ＱＱ，把那個破六寒加了進來，然後發去消息，「你是哪家公司的？」

「華旭電器有限公司！」

劉嘯把這個公司名字放進搜索引擎一搜索，發現這公司竟然是三羊市的，劉嘯笑笑，心想兔子還不吃窩邊草呢，這個吳越家族竟然連自己窩裏的企業都要敲詐，笑完，劉嘯順手點開那公司的網站。

剛一打開，劉嘯的電腦就吱哇亂叫了，華旭公司的網站也不知道被哪個狗日的掛了木馬，劉嘯做的報警器一陣狂叫，檢測出網頁中含有惡意代碼，正在後臺下載木馬，木馬數量居然有三個。

劉嘯切換到虛擬系統下，重新打開華旭的網站，讓那些木馬都下載了下來，他有收集研究各種木馬病毒的習慣。

破六寒見劉嘯半天沒回音，就問道：「你說你和吳越家族交過手，是怎麼回事？你是做什麼的？」

「我是一家企業的網路主管，前不久吳越家族也向我們收保護費了。」劉嘯答道。

「後來呢？你們交沒交？」破六寒似乎很關心這個問題。

「沒交，吳越家族的人漏了蹤跡，被我追蹤到了，然後逃逸潛藏了起來，我現在正在尋找他們。」

破六寒半晌之後才發來消息，「你還真是厲害啊，竟然能追蹤到他們。我現在都不知道該怎麼辦了！」

「很好辦，你把他們勒索的細節說一下，然後由我來冒充你和他們進行談判，只要和他們接上了頭，我就有辦法把他們挖出來。」劉嘯說得極度肯定。

「那先謝謝你了！我把資料整理一下，一會兒給你！」破六寒想也不想，答應了劉嘯的請求。

劉嘯心情大爽，站起身來連蹦幾個高，跑過去沏了杯茶，然後心滿意足地貼在椅子裏，等著對方把資料給自己發過來。

茶剛嘬了兩口，破六寒就請求接收文件，劉嘯點了接收。一看對方發來的檔案還真不小，劉嘯覺得有點奇怪，心想你就整理個郵件，怎麼能整出十來M呢。

這是一個壓縮檔，沒解壓縮就已經這麼大了，如果解出來，還不知道有多大呢，劉嘯沒敢貿然打開，直接把這個檔案拖到了虛擬系統之中去解壓縮。之後，他隨便點選了一個解壓縮後的檔案，虛擬系統當即崩潰，等劉嘯再次重新啟動虛擬系統，卻發現怎麼也無法啟動。

「靠！上了狗日的當！」劉嘯當即反應了過來，這個所謂的破六寒，可能根本不是華旭公司的人。

既然自己能搬個甕讓人鑽，那吳越家族的人自然也就能搬個甕讓自己鑽，這個破六寒絕對是吳越家族的人，他識破了自己的請君入甕之計，這才設局報復自己。

劉嘯也不敢確定自己的想法是不是正確，趕緊把自己的ＱＱ隱身，果然，一隱身，破六寒的消息一條接一條發了過來。

「你小子不是很行嗎，不是說能追蹤我們嗎？有種來呀，把你的本事全拿出來，老子全接著。」

「你以為你那雕蟲小技就能瞞得過我們吳越的人嗎？老子幹這行多少年

了，什麼風浪沒遇過，什麼招數沒見過，你這招早就被不知道多少人用過了，你小子還好意思再拿出來顯擺，真是不知道死字怎麼寫。」

「你小子不是叫網監的人來抓我們嗎，結果怎麼樣？還不是毛都沒摸到一根。我們吳越家族要是怕了區區的網監，早就不用在道上混了。既然你小子跟我們玩陰的，那我們就奉陪到底，從今日起，我們吳越家族和你不死不休，有你沒我，有我沒你！你就等死吧！」

劉嘯心中的怒火騰地冒了起來，一拳砸在桌子上，「啪吱」一聲，桌上的茶杯竟然都被震翻掉地。

劉嘯站在電腦前，半晌無語，自己真是太低估這幫傢伙的能力了，這些人幹這行多年，早就修煉成精了，自己的那些手段在自己看來似乎還不錯，可在對手看來，簡直就是小兒科。這就是他娘的偷雞不成蝕把米，搬起石頭砸了自己的腳，沒抓到對手，反被對手戲弄了一番。

也怪自己太心急，竟然沒有意識到這可能是對方的騙局，就傻乎乎地鑽了進去。

「不死不休，不死不休！」劉嘯反覆念著這幾個字，之後咬著牙，一字一句地說道：「好，既然你們想死，我劉嘯就成全你們，我要讓你們知道死字到底是怎麼寫的！」

用冷水沖了把臉，劉嘯才稍稍冷靜下來，坐在電腦前，他開始恢復著虛擬系統的資料。

劉嘯把對方給自己發的那個壓縮檔首先恢復過來，然後轉移到了一個隔離區，一檢測，全是病毒，而且各個都是致命的，好在自己有預感，放到了虛擬系統之中運行，那裏所有的硬體設備都是虛擬出來的，否則的話，自己現在的電腦都已經報廢了。

「媽的！」劉嘯罵了一句，這些病毒對自己來說，屁用都沒有，自己原本還想看看這些檔案中是不是有點線索什麼的。

劉嘯打開論壇，發現對方的帖子已經刪除了，而且連帳號都刪除了，自己想從論壇尋找線索的計畫也算是沒戲了，只有論壇訊息箱裏還保存著剛才和對方聊天的資訊，但這些資訊一點價值都沒有。

「靠！」劉嘯忍不住又罵了一句，這廝真是太老道了，所有有可能洩露資訊的途徑都被他堵死了。

劉嘯鬱悶地站了起來，在屋子踱著圈，罵歸罵，自己終歸還是要想出個辦法來，這次要是再失手，自己就直接撞死在電腦上算了。

「老子就不信你一點漏洞都沒留下！」

劉嘯發了狠，他還不信有什麼人可以做到一點痕跡都不留下。就是踏雪無痕，以他的身手來說，那絕對可以稱得上是「踏雪無痕」了，但即便如此，劉嘯在事後分析他的入侵資料時，也總還能發現一些蛛絲馬跡的。難道他吳越家族的水準，還能超過踏雪無痕不成？這點劉嘯絕不相信！

他繼續做著資料恢復工作，兩小時後，虛擬系統終於再次啟動。劉嘯把剛才病毒運行的記錄保存好，再檢查一遍，發現檔案暫存區的那三個木馬還在。

劉嘯此時突然冒出一個預感，這三個木馬會不會是那個破六寒的呢？太有可能了，他破六寒為什麼別的公司不說，偏偏說自己是華旭公司的，這說明他很熟悉這個公司，準確地說，是他很熟悉這個公司的網站。而華旭公司的網站又剛好被人掛了木馬，誰會去掛呢，吳越家族的破六寒顯然是嫌疑最大的人。

劉嘯又看到了一絲希望，這次他沒有直接運行木馬，而是先用工具進行反編譯，然後直接在代碼裏尋找「wufeifan」字樣。

當工具提示找到的時候，劉嘯興奮地叫著，從椅子上跳了起來，

「耶！」

他的猜測被證實是正確的，網站的木馬是破六寒掛上去的。至於破六寒為什麼會鬼使神差地把這個網址告訴劉嘯，或許是一時糊塗，或許是他很自信，他知道劉嘯會運行病毒，然後整個電腦報廢，可惜他沒想到劉嘯最後一刻鬼使神差地把病毒移到了虛擬系統之中。

木馬是wufeifan設計的，同樣就說明了另外一件事情，wufeifan肯定會在木馬裏設置後門，這是他的習慣。

劉嘯來了精神，坐在電腦前飛快地操作。很快，他在三個木馬中都找到了後門的密碼，這三個木馬明顯要比吳越霸王使用的那種要複雜很多，功能更強大，而且隱蔽能力也很厲害，劉嘯用主流的殺毒軟體測試了一下，都沒有查出來，只有自己設計的那個工具對此才有反應，劉嘯想了想原因，大概是因為自己的工具可以解開wufeifan的加密演算法吧。

「看來wufeifan這兩年也並不是一點進步都沒有！」劉嘯推翻自己之前對wufeifan的論斷，但還是搖了搖頭，「可惜他沒用在正道上。」

劉嘯運行了其中一個木馬，這也是個反向連結式木馬，木馬運行後就向一個網址發出了連結請求，很快，連結建立了。

「靠，你竟然還上線！」劉嘯真是快受不了了，自己今天的心是從天堂跌落地獄，又從地獄爬升至天堂，就算是自己心臟再強壯，也經不起這麼折騰啊。

劉嘯顧不上感慨，直接啟動了木馬的後門，進入了對方的電腦。

這次他不管三七二十一，凡是看到的資料統統往回拉。然後趁對方沒發現，又運行了其他兩個木馬，奇怪的是，這兩個木馬連結的又是不同的ＩＰ位址，只是這兩個ＩＰ此刻都沒上線。

劉嘯想了想，這種情況只有兩種解釋，一，這是破六寒同夥的木馬，二，破六寒狡兔三窟，這是他的備用木馬，後者的可能明顯大一些。

劉嘯此時終於明白吳越霸王為什麼能夠捨得放棄他那幾千台的肉雞，其實他根本就沒放棄，因為他可能已經用其他的方式，把自己的肉雞再次召喚到一起。

劉嘯在自己腦袋上狠狠砸了兩下，自己實在是太粗心了，上次竟然沒有查看那些肉雞上是不是還有備用的木馬；而這幾天，自己更是只知道傻乎乎地等著木馬連結上對方，竟沒想到要再去那肉雞上看看。

論手法，論技術，自己完全不輸給對方，可自己為什麼總是屢遭對方戲弄呢？劉嘯現在終於知道了原因，自己的實戰經驗太欠缺了，總是低估了對方的狡猾程度。

已經沒有太多的時間來讓劉嘯來自我檢討，既然已經知道了對方的把戲，那就得趕快行動了，遲則生變。劉嘯再次殺到那個反病毒的論壇，這次他要問清楚，那個向自己求助的人到底是負責哪家企業的網路，是在哪家企業的網站上發現了wufeifan的病毒。

那人很快回了訊息，說是自己負責海城一家物流企業的網站。劉嘯查到那家公司的網址，打開後，發現這家公司的網站沒有被掛木馬，可能是被清除了，也可能從來就沒被掛過木馬，看來把這裏作為突破口是沒有可能了。

劉嘯只好翻出前幾天吳越霸王的那幾台肉雞，分別探測了一下，發現只有一台上線。劉嘯連結到那台肉雞上，這次他把自己設計的那個專門檢測木馬的工具上傳到了肉雞上，這一檢測，果然就發現了蹊蹺，那台肉雞上果真還存在其他的木馬。

這是個隱藏的後門程式，平時並不發作，這也是劉嘯上次沒有發現它的原因。後門程式每隔廿四小時便會訪問固定網址一次，它會從這個網址下讀取一份配置檔，如果配置檔是空的，那這個後門程式就會再次隱藏廿四小時，等待下次的讀取。如果配置檔中的目標位址不是空的，那這個後門程式便會從目標位址下載一個木馬回來運行。

劉嘯從後門程式監聽的那個網址上，下載了一份配置檔回來，打開一看，發現裏面的目標位址也是一個網址，劉嘯把這個網址輸入流覽器打開，發現這是一家叫做「青陽造紙廠」的網站，與此同時，劉嘯的警報器再次叫喚了起來，這家網站被人掛了木馬。

「果然是這樣子！」劉嘯再次證實了自己的猜測。吳越家族確實在控制肉雞上存在多種手法。現在這個造紙廠網站上掛的木馬，就是吳越霸王的新木馬了，在這個新木馬上，應該就有吳越霸王的新地址。而吳越霸王之前使用的那個木馬和功能變數名稱，估計在他逃逸之時就算是廢棄了。

清理掉肉雞上的警報器和日誌，劉嘯回到自己的電腦上。吳越霸王還有那個破六寒，此刻都已經成為了劉嘯的囊中之物，只要劉嘯願意，他可以隨時進入到對方的電腦裏，但劉嘯反倒不急著去收拾這兩個傢伙了，他有新的想法。

屢次遭戲弄，劉嘯是真的被撩出了火，既然對方要和自己不死不休了，那自己要怎麼辦？劉嘯要讓整個吳越家族全軍覆沒。

劉嘯已經基本猜到了吳越家族的掛木馬規律，他們選擇的目標很精巧，全部都是安全觀念很差的小型企業的網站，這樣的網站入侵難度非常低，可以說輕而易舉就能拿下。雖然說網站的流覽量小了一些，但也正因為如此，它掛上木馬之後被人發現的機率就小，這樣吳越家族的人便可以長久持續地增加自己的肉雞數量。

根據這個規律，想要把吳越家族全部挖出來就不是不可能，只是工作量會稍微大一些，劉嘯要把全國有網站的小企業全部搜集到一起，然後去挨個打開，看看是不是被掛了木馬，然後把木馬下載下來，分析是不是吳越家族的。好在網上有人匯總過這類的網站，檢查是否被掛了木馬也可以通過工具來完成，這兩個環節都不需要劉嘯太耗精力，但之後的資料獲取和分析，就需要很多的時間了。

劉嘯需要時間，所以他決定暫時不去動那破六寒和吳越霸王，在挖出吳越家族全部的成員之前，他非但不能貿然出手，還要去迷惑對方，拖延對方。

第八章　葫蘆裏的藥

「來，你們別站著了，趕緊坐吧！」劉晨似乎是沒聽到，臉上依舊笑容滿面，「我一猜，估計就是你，你這葫蘆裏到底賣的什麼藥啊？真要和吳越家族不死不休了？」

劉嘯搖搖頭，笑道：「暫時無可奉告！」

第二天一早，張小花又來劉嘯的房間上班了，進門就打開自己的電腦，一邊又從包裏掏出那本《電腦網路技術》，看來她又準備去蹲守論壇了。

「今天不用守論壇了！」劉嘯大汗，趕緊道：「吳越霸王的尾巴已經被我拽住了。」

「拽住了？」張小花很驚訝，自己只是半天不在，那吳越霸王就又被逮到了，只是希望這次可別再給逃了，「怎麼抓住的，是不是昨天別人幫你捕獲的那個木馬？」

劉嘯搖頭，「別提了，那幫傢伙太狡猾了，他們一逃逸便更換了新木馬，害我們白白守了這麼幾天。」

「那現在是不是就可以火燒水淹了？」張小花眼睛開始放光了，進門時的一臉陰鬱也頓時全無。

「嗯！」劉嘯笑著點頭，「放火燒山，水淹七軍，不過，我們現在不是要逼對方出來，而是要逼對方不出來。」

「呃？」張小花搞不清楚劉嘯這話的意思，心想這人怎麼來來回回變，反覆無常啊。

劉嘯懶得再解釋，「我給你的電腦上裝了一個軟體，還有一份網址列表，每隔一段時間，你就從網址列表中挑一個出來，用那個軟體去攻擊。」

「什麼網站？」張小花說著，開始在電腦上尋找劉嘯說的那份網址列表。

「是交過保護費，受吳越霸王他們保護的網站！」劉嘯頓了頓，「你攻擊完成後，就到各個論壇上去宣揚，就說吳越家族解散了，或者說吳越家族被網監追蹤，集體潛逃了。反正就一個意思，讓所有人都知道，吳越家族已經無力保護那些企業了！」

「這就是火燒水淹啊！」張小花大失所望，有些意興闌珊，「那你幹什麼啊？」

「我要去一趟網監大隊，查一些資料！」劉嘯回答。

「我也去！」張小花站了起來，「我就知道你對那個女警官有意思。」

劉嘯大汗，張小花怎麼老是揪著這事不放啊，道：「你可別瞎說，我是去辦事。」

「那我跟著你去辦事！」張小花笑咪咪地看著劉嘯，「不會打攪你和女警官說什麼私房話吧？」

劉嘯鬱悶地看著張小花，想了一會兒，道：「好好好，一起去，一起去，真是怕了你了。」

兩人直奔網監大隊，進門還沒說出來意，劉晨就先開了口，道：「我正想著要去找你呢！」

她看著劉嘯，「昨天晚上，國內最大的駭客論壇——駭客基地上，有人發了個戰鬥檄文，高調挑戰網路黑社會的吳越家族，說要和對方不死不休，發貼人的ＩＤ是『留校察看』，不會是你吧？呵呵。」

劉嘯嘿嘿笑著，「還真讓你猜對了，就是我！」

張小花在一旁低低地嘟囔了一句，「果然有姦情！」

劉嘯聽見了張小花的嘟囔，他不知道劉晨是不是也聽見了，有些尷尬地看著劉晨。

「來，你們別站著了，趕緊坐吧！」劉晨似乎是沒聽到，臉上依舊笑容滿面，「我一猜，估計就是你，你這葫蘆裏到底賣的什麼藥啊？真要和吳越家族不死不休了？」

劉嘯搖搖頭，笑道：「暫時無可奉告！」

「還跟我保密啊！呵呵！」劉晨也不再詢問，「那說吧，今天來找我有什麼事？」

「有個私人的小小請求！」劉嘯從兜裏掏出隨身碟，「這上面有幾個帳號和名字，以及一些相關資料，你幫忙查一查，我想知道這些人的具體位置和詳細資料。」

「是吳越家族的？」劉晨問了一句，便把隨身碟接了過來：「怎麼想起找我幫忙？」

劉嘯笑了笑，道：「我是良民嘛！」

劉嘯的這句話讓劉晨半天沒回過味來，她不知道劉嘯這是什麼意思，心想：你既然拿得出資料，就說明你已經把吳越家族的人給拽住了，你自己不下手，也不請警方幫忙，卻跑到這裏來提什麼私人請求，劉晨確實想不出劉嘯這是在搞什麼。

不過，她最後還是答應了下來，「行，東西我先收著了，如果有了消息，我就通知你。」

「謝謝你了！那我們就回去等消息了！」劉嘯說完站起來，踢著張小花，「走了走了！」

張小花剛坐下，屁股都還沒挨到椅子呢，劉嘯就要走，她一時有些反應不及，等回過神來，才起身急急忙忙追劉嘯去了。

出了警局，張小花也是一頭霧水，道：「你真的在論壇上發帖，要和吳越家族不死不休？」

劉嘯點了點頭，「是！」

「為什麼啊？」張小花繼續問道：「那吳越家族有沒有應戰？」

「是我在應戰好不好！」劉嘯有些鬱悶，將腳邊不知道誰扔的塑膠瓶蓋一腳踢出老遠，「昨天我中了吳越家族的計，他們差點毀了我的電腦，說要和我不死不休。」

「不是吧！」張小花大吃一驚，拽住劉嘯，「那你準備怎麼辦？」

「沒事！兵來將擋，水來土掩，他們厲害，但我劉嘯也不是吃素的，既然要玩，那我就奉陪到底，看看誰能玩得了誰！」劉嘯長出一口氣，「這次我要將這幫傢伙一網打盡，一個都不留。」

「那你剛才隨身碟裏的東西，是不是就是吳越家族的資料？」張小花終於反應過來了。

「是，但也不全是！」

「什麼意思？」張小花有些迷糊。

「不是你說的嗎？警察不可靠！」劉嘯瞪了張小花一眼，聲音放低：

「上次抓捕失敗，我仔細想了想，可能是網監這邊有人和吳越的人勾結……」

「我明白了！」張小花打斷了劉嘯的話，「那你就給他們一份假資料，借此迷惑他們，讓那個內奸現形對不對？」

張小花越分析越覺得自己有理，激動地跳了起來，掛在劉嘯的脖子上，「我早說那個女警察有問題吧！怎麼樣，被我說中了吧！」

劉嘯趕緊伸手接住張小花的重量，就變成他背著張小花了。

「我真是太英明了！」張小花沒有下來的意思，得意道：「為了獎賞我的英明，本小姐決定不開車了，讓你背我回去。」

「誰說你英明了？」劉嘯雙手一鬆，把張小花從背上甩了下來，敲了她一個爆栗，「英明你個大頭鬼，我只是說有內鬼，但我什麼時候說劉警官是內鬼了？」

「呃？」張小花極度不理解。

「走吧走吧！」劉嘯拽著張小花往車子那邊走，「回去再說，真不知道你腦瓜子怎麼想的，劉警官怎麼會是內鬼呢。」

張小花一把掙脫，「她為什麼就不能是內鬼了？」

她似乎是很生氣，說完丟下劉嘯，扭頭便走。

「喂！車子你不要了啊！」劉嘯喊道。

張小花沒回話，繼續朝前猛走。

劉嘯大汗，緊跑幾步，追上張小花，道：「姑奶奶，我錯了行不行。」

「哪兒錯了？」

「我不仁不義不忠不孝不智不禮不誠不信，我是陳世美在世，西門慶托生……」

……

以前一到下班的時間，張小花就會準時從劉嘯房裏出來，然後回家。現在張春生那麼一提醒，張小花反倒不準時了，這兩天，她每天都要待到很晚才離開。

張春生很生氣，但也沒辦法，只是他的秘書和酒店服務生往劉嘯房裏跑得更勤快了。

劉嘯盯在電腦前，螢幕上全是密密麻麻的數字，也不知道他在看什麼，看一會兒，就在本子上記幾下。

不遠處的張小花剛好相反，她是拿本書看，不時記兩筆，然後抬頭看看電腦，看論壇上有沒有新帖冒出來。

「有消息了！」張小花突然把書一扔，在電腦上一點，「有人發帖子，說吳越家族全體潛逃，以前他們的地盤已經被另外一個網路流氓組織——『毀滅家族』給接收了。」

劉嘯嘿嘿笑著，這個消息似乎沒勾起他一丁點的興奮。

「笑什麼笑！」張小花不爽地白了一眼，「這消息有那麼好笑嗎？」

「你別光看消息啊，你看那消息是誰發的？」劉嘯繼續笑著。

「留校查……」張小花就跳了起來，「你敢捉弄我？」說完，拿起書就朝劉嘯砸了過去。

「我就是看看你這丫頭是不是在打混！」劉嘯把書輕鬆接到，站起來道：「張小花，恭喜你，成功地接受了組織的考驗，你現在是一名合格的抓鬼人了！」說完，他又把書鄭重其事地交給張小花，像是頒發勳章一樣。

「呸呸呸！」張小花拿書在劉嘯身上一拍，「就知道貧嘴，你那邊怎麼樣了，我一會兒也要考驗你！」

劉嘯得意地撇著嘴，「大功告成！吳越家族還有其他幾個網路流氓集團的資料都已經被我基本摸清楚了，只要我伸伸手，就可以把他們全部捏死！」

「那你還不快點出手！」張小花繼續拿書拍著劉嘯。

劉嘯把書一抓，「現在還不行，還有一個人沒落實！」

「你是說那個內鬼？」

劉嘯點點頭，「是啊，這個內鬼我們必須抓到，我這次要的是一網打盡。再等等吧，如果劉警官那邊還沒有消息，我就只好自己動手了。」

「那得等到什麼時候啊！」張小花有點喪氣，坐到電腦前，把論壇又刷新了一遍，然後叫了起來，「不好了，不好了！」

「什麼不好了！」劉嘯拿書在她腦袋上一拍，「別老是大驚小怪的！」

「軟盟又被邪劍駭了！」張小花打開論壇上剛剛冒出的新帖，裏面是一張截圖，還是那把劍，只是下面的字稍微有點改動，「別開網路安全公司了，還是回去找你的電腦老師再學學基礎知識吧！」

「靠，還沒完沒了了啊！」劉嘯有點火大，殺人不過頭點地，上次你邪劍駭了軟盟的網站，已經讓軟盟顏面掃地了，現在軟盟堅守大本營，本身就已經是退讓了，有意和解，你不領情也就罷了，竟然再次駭掉軟盟的網站，難道是非要置軟盟於死地不可嗎？

「不行！不能讓邪劍再這麼囂張下去了！」劉嘯把書「啪」一下甩到桌子上，在屋子裏踱了兩圈，「軟盟這次是稀里糊塗被我們拖下水的，我們張氏網路還沒建立起來，邪劍拿我們沒辦法，便跑去拿軟盟洩憤，我們不能看著軟盟就這麼一直替我們背黑鍋！」

張小花根本不用動員，凡是和廖氏站一個隊伍的，在她眼裏就是敵人；凡是廖氏的敵人，那就是她的朋友。她也學著劉嘯的樣子，一掌拍在桌子上，然後在屋子裏一踱圈，惡狠狠地說道：「早知道我上次就應該滅了邪劍！」

劉嘯大汗，心想你就算想滅，也得有那個本事啊，他把張小花按到椅子上，「你別晃，晃得我眼花，你讓我想想辦法。」

劉嘯站著想了半天，突然道：「有了！」轉身坐回到自己的電腦前開始翻了起來。

張小花湊了過來，「說說，你有什麼辦法了？」

劉嘯拽出一個檔案，道：

「這是我前幾天從網上弄到的一個病毒，除了難清除，基本是無毒無害的。但這病毒有個毛病，就是不會自動傳播，我準備把它改一改，主要是讓它可以自動地在區域網中傳播，然後把它投到廖氏去，到那時候，邪劍殺毒都還來不及呢，哪有功夫去對付軟盟。唉，我們暫時就這麼策應一下軟盟吧，等這邊把吳越家族的事情解決了，抽出空來我就去收拾邪劍。」

「好！」張小花很興奮，「你把病毒改厲害一些，最好把廖氏搞得雞犬不寧。」

劉嘯搖搖頭道：「現在還有一個問題需要解決，就是怎麼把這個病毒投到廖氏的網路中去！」

「你不是很有辦法嘛！」張小花拍拍劉嘯，「不行就用你上次的那個擺渡攻擊吧！」

「那也得先感染他們一台電腦啊！」劉嘯皺著眉，「現在邪劍和軟盟在對峙，為了防備軟盟的反擊，他肯定加強了廖氏網路的防範，普通的方法肯定是很難行通的，我們得想一個既穩妥，又意想不到的辦法來。最重要的是，不能讓病毒擴散到廖氏以外的網路中去。」

張小花安靜了下來，坐在那裏也想了起來，可就憑她那半本《電腦網路技術》的水準，估計想個大半年，也想不出什麼好主意來。

劉嘯盯著電腦，把所有的方法全都梳理了一遍，但是都覺得不穩妥，時間慢慢溜走，就到了張小花該回家的時候了。

劉嘯揉揉太陽穴，道：「時間不早了，我看你先回家去休息吧，明天……」劉嘯說到這，突然停住了，道：「我想我知道從哪裡投病毒了！」

「哪？」張小花急忙問。

「你家！」劉嘯答道。

「我家？」張小花有點頭暈的感覺，道：「你不會是用腦過度，出現了那個什麼暫時性思維混亂吧？」

「就是你家！」劉嘯笑呵呵地看著張小花，「你好好想想，你家的電腦不和廖氏企業的網路連通，但它卻連結著一個廖氏重要人物的電腦。」

張小花反應了過來，「你是說廖成凱？」

「沒錯，就是他！」劉嘯點點頭，「任他邪劍怎麼了得，他也絕不會想到廖成凱會把病毒帶到公司來。」

「那還等什麼，趕緊走吧！」張小花過去收拾東西，把書往包裏塞，「我早就想駭那傢伙的電腦了。」

「別著急啊，病毒我都還沒加工呢！」

劉嘯剛才光顧著想怎麼把病毒投到廖氏，卻忘了修改病毒，當下趕緊把病毒程式放進修改工具中，撓撓頭，「用什麼自主複製功能呢？」

「那你快點！」張小花站在劉嘯的身後，當起了監工，「最好看看你有沒有什麼現成的代碼，只要能實現那個自主複製傳播的功能，你直接加進去不就得了嘛。」

這倒是提醒了劉嘯，朝張小花豎起大拇指，道：「我現在才發現，你真是個天才！」

劉嘯說完在電腦上翻了幾下，找出一個程式，道：

「上次寫得那個擺渡攻擊的程式就有自主傳播的功能，我就把這段代碼揪出來好了，正好省不少事。」

匆匆把兩段程式糅合好，劉嘯又特意加了一段防止病毒擴散的代碼，然後就帶著病毒跟張小花直奔名仕花園而去。

打開張小花的電腦，劉嘯就PING了一下廖成凱的ＩＰ，沒通，劉嘯搖搖頭，「這小子沒上線！」

「那怎麼辦？」張小花迫不及待地想把病毒放到廖成凱的電腦上去。

「等他上線，按照他以前的習慣，每天晚上他都是會上線的。」劉嘯說著，就從包裹掏出一個隨身牒，插到電腦上，把自己的工具往張小花的電腦上複製，道：「我做一個上線提醒的工具，一會兒等他上線，工具就會提醒。」

張小花嘆了口氣，拉過一張椅子，坐到電腦旁，又把那本《電腦網路技術》拿出來翻看。

劉嘯做好提醒，回頭看張小花的樣子，就問道：「你天天看這書，真準備學網路了？」

「隨便看看！」張小花一副輕描淡寫的樣子，「反正那些雜誌我也看煩了，剛好換換口味！」

劉嘯笑笑，他可不相信這話，張小花是個沒耐性的人，除了整人，劉嘯這是頭一次見她能把一件了無樂趣的事情堅持如此之久。

「你要是真想學，那就好好學，自己躲屋子裏看這些書沒什麼大用。」

「切！」張小花嗤了口氣，道：「誰說我要學了！」

劉嘯就知道張小花會嘴硬，心說你學就學了，這又不是什麼丟臉的事，為什麼就不敢承認呢，不過劉嘯也沒有點破，繼續道：

「網路這東西，基礎知識都一樣，要想速度提高水準，一靠實踐，二靠思路，除了這些，你還可以多多地借鑑一下其他高手的經驗。」

張小花臉上一副不關心的樣子，但劉嘯注意到，這丫頭眉目之間，其實對自己剛才說的那幾句還是很在意的。

劉嘯本還想再提點她幾句的，電腦此時卻開始「吱吱」叫了起來，劉嘯轉過身，道：「那小子上線了！」

張小花湊了上來，道：「快，快，趕緊把病毒投過去，免得他一會兒又下線了。」

「我知道！」劉嘯開始運行工具，添入對方的ＩＰ位址，準備進攻。

「你這是什麼工具啊？」張小花發現劉嘯的這個攻擊軟體，自己這幾天都從沒見他用過。

「這是我新設計的！」劉嘯笑了笑，然後就點了工具的「攻擊」按鈕，「是我從我師父那裏學來的新手段，要不是為了確保萬無一失，我還真捨不得把這手段使出來。唔，找個好的師父，也可以迅速提高自己的網路技術水準。」

劉嘯話音剛落，工具就彈出了提示：

「攻擊完成，正在以最高許可權登陸目的電腦！」

「看，萬無一失吧！」劉嘯指著電腦，得意道：「我師父的手段可是獨一無二的，絕對不會失手！」

「別磨蹭了！」張小花搖著劉嘯的腦袋，「趕緊幹正事，我又沒叫你來宣傳你師父。」

劉嘯白了張小花一眼，回頭等著，看連上了廖成凱的電腦，就趕緊把病毒複製了過去，然後一運行，道：「弄好了，這小子這回可爽了，估計夠邪劍忙幾天的了！」

劉嘯說完，把日誌一清理，然後退出了對方的電腦，站起來道，「嗯，以後你這台電腦可得小心了，當心邪劍惱怒成羞，又來報復你。」

「那怎辦？」他這麼一說，張小花還真有點擔心。

「沒事！回頭你讓電信公司再給你接條線過來，記住，偷偷地，不要讓廖成凱他們發現。」劉嘯說完頓了頓，「只要能糊弄他們一段時間就可以，邪劍的事，我遲早要做個了斷的。」

「了斷你個頭！」張小花極度不信，「這話你說了好久了，除了今天的病毒，我都沒見你有過什麼行動！」

劉嘯大窘，道：「你以為隨隨便便就能把邪劍收拾了啊！」

一說完，劉嘯就覺得自己說錯話了，張小花不是就把邪劍收拾了一頓了嗎。

果然，張小花說了：「小孩子都比不過，有什麼難對付的！」

劉嘯很是汗顏，不敢再搭話，趕緊把自己的工具收拾好，道：「我先回公司了，吳越那邊我還得再準備準備。」

張小花送劉嘯下樓，走到客廳，就碰見了剛從外面回來的張春生。

張春生看見劉嘯居然從樓上張小花的房間走下來，臉色頓時就很不好看。

「張伯，你回來了啊！」劉嘯趕緊打了個招呼。

「嗯！」張春生應了一聲，就穿過客廳，走了進去。

「張伯今天似乎不高興啊！」劉嘯撓撓頭，「最近生意不順？」

「沒事！」張小花當然知道張春生為啥不高興，推著劉嘯往外走，「別理他，他最近看誰都不順眼！」

張春生看兩人出了門，在客廳裏氣得直跳腳。他怎能不生氣？本來他就反對張小花往劉嘯那裏跑，自己攔不住也就算了，至少還能派秘書和服務生過去時不時打探一下，保證兩人不會搞出什麼事來。現在可好，自己是機關算盡，愣沒防住這招，張小花不往劉嘯那裏跑了，換劉嘯往自己家跑了，這自己總不能再把秘書和服務生派過來跟著吧。

「不行！這事我還得管！」張春生發了狠，要是再這麼發展下去，這兩人還不知道要搞到哪裡去呢。

第九章　約法三章

「我還記得，你當時進張氏時曾和我約法三章，說項目竣工之後，讓我一定不要挽留你，你要為自己的理想去奮鬥。現在咱們的項目委託給ＯＴＥ這樣的實力企業來負責設計建設，你對自己今後有沒有什麼打算？」

劉嘯早上起床，把吳越家族的資料再確認了一遍，勘驗無誤後，就把資料保存好，順便做了備份，然後上論壇，把自己的帖子又頂了出來，繼續和吳越家族的人撕扯。

這幾天，劉嘯老是把自己的帖子頂在論壇的最前面，卻只是和一幫人在帖子裏打著口水仗，實際的行動是一點也沒有，這引起了論壇裏好多網民的不滿。

劉嘯聽到風聲，說論壇的版主都怒了，懷疑自己這是在炒作，如果三兩天之內，劉嘯再無實際行動，而只是頂這種無意義的帖子，版主就要砍劉嘯的帖子和ＩＤ了。

劉嘯才不管這些呢，反正他頂這帖子的目的已經達到了，即便是現在就砍，他也覺得毫不可惜，帖子的使命已經完成，自己成功地麻痹了吳越家族，讓他們以為自己除了請君入甕，就只會這種扯虎皮旗子的虛把式。吳越家族無所顧忌，也就沒有改變他們現在的運作方式，這才讓劉嘯輕易的捕捉到了他們的木馬，又順藤摸瓜挖出了這些人的真實資料。

劉嘯頂起帖子，跑去看軟盟被駭的討論帖，沒看幾分鐘，便有人來按門鈴。劉嘯看看時間，似乎還不到張小花來的時間，起身開了門，卻是秘書小李站在門外。

「總裁在辦公室，叫你過去一趟！」小李秘書說。

「行，我這就過去！」劉嘯進屋把電腦收拾了一下，出門直奔張春生的辦公室去了。

「來，劉嘯，坐吧！」張春生招呼劉嘯坐下，然後道：「小李，你先回避一下，我有事要和劉嘯說。」

小李秘書起身出去，順便把門拉上，搞得劉嘯一肚子狐疑，不知道張春生這是要做什麼。

「劉嘯，你來咱們張氏上班有多久了？」張春生笑咪咪地問著。

「三個月多了吧！」劉嘯想了想，似乎是這個時間。

「哦？」張春生倒是有點驚訝，「時間過得真快啊，一沒注意，你都來三個月了。」

張春生起身踱到一旁的書桌旁，抱出棋盤，「還記得這棋吧！」

劉嘯笑笑，「當然記得，我們是棋盤上認識的嘛。」

「來，今日你我再戰一盤！」張春生把棋盤抱了過來。

劉嘯趕緊接著，擺好棋盤，將棋子各就各位，「張伯先請！」

張春生也不客氣，直接架上當頭炮。

「我還記得，你當時進張氏時曾和我約法三章，說項目竣工之後，讓我一定不要挽留你，你要為自己的理想去奮鬥。現在咱們的項目委託給OTE這樣的實力企業來負責設計建設，也可以說是萬無一失了，你對自己今後有沒有什麼打算？」

劉嘯的手凝滯在棋子上，張春生這話是什麼意思，自己怎麼聽著有點要趕自己走的意思呢。

「跳馬！」劉嘯把棋子一挪，試探道：「張伯今天怎麼突然想起這個了？」

「我也是隨便問問！」張春生把卒子往前攻了一格，「我總覺得這三個月委屈你了，為了我們的這個破系統，把你的前途都給綁在了這裏；我想了想，或許當初我確實是有點衝動了，我很內疚。如果你有什麼打算，需要我幫忙的地方，就儘管說，我好提前給你做準備。」

只此一句，劉嘯便探出了張春生的意思，他是個明白人，也很知趣，當下笑了笑道：

「怎麼？張伯肯放我走了？那太好了！我沒什麼需要，只要你肯放我走，就是對我最大的幫助了。」

張春生本來還準備了許多的說辭，沒想到劉嘯竟然這麼痛快，當下竟是有些激動，道：「這事再說吧！先下棋，先下棋，我將！」

張春生的當頭炮迫不及待地打了過去。

「張伯，你這也太急了吧！」劉嘯苦笑，「我這都還沒走呢！」

「哎呀！」張春生有點心虛，趕緊把炮拉了回來，直拍著腦門，「你看我這糊塗的，是該你走了！是該你走了！」

說完，張春生就感覺得自己這話不對，好像是有些露骨了，天地良心，他這句話可真不是那個意思了，張春生只好鬱悶地閉口，專等劉嘯行棋。

兩人的心思都不在棋盤上，一盤棋就下了個草草收場。

走出了張春生辦公室的門，劉嘯很鬱悶，有點難過，當初自己是風風光光地進了張氏，雖說自己也沒打算把這份工作長久地幹下去，但自己這幾個月卻是盡心盡力，誰知現在竟會以這種方式離開，稀裏糊塗地就要自己走，連個理由也不給。

劉嘯嘆了口氣，準備回自己的房間，「算了，好聚好散吧，反正自己也志不在此，剛好脫身！」

一旁的小李秘書看劉嘯臉色有點不好，湊上前來，壓低了聲音，「劉嘯，有件事情，我不知道該不該說。」

「你說！」劉嘯苦笑，心說我都要走了，還有什麼不能說的。

「那個……那個……總裁似乎對你和大小姐交往很有意見……」小李的話說得斷斷續續，含含糊糊。

劉嘯這下才明白過來，原來如此啊，怪不得張春生今天會突然冒出這些話來。劉嘯在自己腦門上猛拍了兩下，對小李秘書道：「好，謝謝你了，我知道了。」說完轉身就走。

回到房間，關上門，劉嘯坐在電腦前一聲不響，自己確實是大意了，竟然忽視了這件事的影響，張小花天天待自己的房間裏，你就算沒事，別人也會給你編排出個事來，這些事遲早傳到張春生的耳朵裏，這也難怪他會這麼生氣。

現在想想，這幾天小李秘書和服務生頻繁往自己房間跑，大概也是因為這樣，只是自己覺得明人不做虧心事，竟然是如此後知後覺，一直都沒品出此中的味來。

直到電話響起，劉嘯才回過神來。

「喂。」

「是我，劉晨！」劉晨的聲音傳了過來，「你上次給的那些資料我們已經基本查清楚了，謝謝你了！」

「那些資料我也不知道是什麼，你謝我幹啥。」

「謊也不會撒！」劉晨呵呵笑著，「我們隊伍中的那個內鬼現在已經給審查了，有了你的這些證據，相信很快就能將他繩之以法。只是你提供的其他資料，我們查了查，沒什麼線索，都是一些偽造的資料，很難查實。」

「嗯，麻煩你了！」劉嘯頓了頓，道：「那些資料……你不用再查了，沒必要了！」

「什麼意思？」劉晨沒理解劉嘯的話。

「其實那些資料本身就不可能查出什麼來！」劉嘯說完，不等劉晨再問便掛了電話，轉身劈哩啪啦在電腦上忙了起來。

半個小時後，一份辭職報告列印了出來，劉嘯簽上自己的名字，端端正正放在桌子上。然後將電腦和自己的東西都收拾好，裝進包裹，拖著行李走出了春生大酒店。

就在這半個小時內，國內最大的駭客論壇徹底沸騰了，一個新的傳奇駭客誕生了。

大家都以為那個叫做「留校察看」的小子和網路流氓集團高調宣戰，是在自我炒作。誰知就在剛才，留校察看突然現身，發了一個超長的帖子，裏面是吳越家族所有的人資料：

吳越霸王：本名張凡，男，廿一歲，畢業於三羊市第三高中，後自學通過了國家電腦等級考試四級，為吳越家族的一號打手，負責北區八省的保護費收繳，曾經成功訛詐企業一百三十八家（後附企業名錄），共訛詐資金四百一十四萬整（後附帳款細目、銀行記錄）

破六寒：本名羅安慶，男，廿七歲，畢業於海城大學電腦科學系，曾在銀豐任職，現任三羊市一家不出名的安全公司的項目經理，技術高超，精於算計，為吳越家族大哥大人物，負責整個吳越家族運作策劃、技術指導以及帳目結算。

皇甫蹭：本名楊哲真，男，十八歲，初中畢業，酷愛電腦技術，是張凡的表弟，後在張凡的引薦下加入吳越家族，負責西南區三省的保護費收繳，曾訛詐企業一百廿六家，成功七十九家（後附企業名錄），共訛詐資金

二百四十七萬整（後附細目）

鬼叫七：本名王浩，男，……

……

吳越霸王一共十七位成員，所有的資料都被留校察看貼了出來。在後面，留校察看還貼出了其他網路流氓集團，如毀滅家族、暗影家族的部分成員資料，以及這些集團劃分國內勢力範圍的版塊圖。

只要你是駭客，不管你是做好事還是做壞事，誰都不願意自己的真實身分被曝光，因為好與壞往往只是在一線之隔，誰也不知道自己哪天就會越過這條線，留校察看這一招，可算是狠辣至極，斬草除根。

非但如此，留校察看在這份資料的後面還發出一份很嚴厲的要求：

「吳越家族必須在廿四小時內發出公告，宣布解散，所訛詐錢款盡數歸還。否則這份資料的原始資料以及相關證據，將會被轉交到那些被吳越家族訛詐過的企業手裏，等待吳越家族的，將是上千家的企業的起訴。本人另警告毀滅、暗影等家族，以及那些蠢蠢欲動的駭客們，你們要玩什麼，本人管不了，但你們誰要是敢把手伸到了我的地盤，那今日的吳越家族，就是你們明日的下場。」

誰曾見過如此狂妄強勢的駭客？論壇上的人都傻了眼，但誰也不敢再說這個留校察看是在吹牛炒作了。

網路流氓集團的存在，大家誰都知道，但誰也沒對他們下手，因為這幫傢伙藏身暗處，無處可尋，根本沒有下手的可能，但這件事卻被留校察看給辦到了。

人們沒有理由去懷疑，因為留校察看在帖子的最後，徹底堵上了吳越家族的退路，他公佈了一份被吳越家族掛了木馬的網站名單，有三千多家，留校察看公佈了清除這些木馬的方法，另外還放出了一個檢測工具，專供那些不知道自己網站是不是被人掛了木馬的人檢測之用。

這份名單被人們證實了，在被檢測出木馬的前面，誰都無話可說。很快，就有人從其他的網站中也檢測出了木馬，甚至還從這個駭客論壇的一個不起眼角落裏也揪出了一個木馬。

人們還沒來得及把崇敬的目光投向留校察看，吳越家族就宣布解散了，此後，毀滅、暗影等家族也紛紛發出公告，稱以後若再有訛詐企業的事情發生，與本家族絕無關係，家族已於發帖之時便已解散。

不解散還幹什麼啊，命根子被人拿住了，搜羅肉雞的管道也被人堵死，現在人家沒把原始證據交出去，已經是網開一面了，自己再不知死活地撐下去，那等著自己的就只能是牢房了。

人們已經不想去查證這些帖子的真實度了，能僅憑一個帖子，便逼得國內幾個網路流氓集團紛紛作鳥獸散，在國內的駭客圈裏，有誰能做到如此？只有留校察看！

這條消息被瘋狂轉載到了各個媒體，留校察看的江湖地位，已經隱隱超過了那些半截入了土、神龍見首不見尾的老駭客們。

此時的劉嘯站在火車前，臨上車前，他最後看了一眼這座叫做封明的城市，自己在這裏生活了四年，留下了快樂和汗水，今日一走，以後怕是再也沒有機會回來了。

「走吧！走吧！」劉嘯嘆了口氣，轉身抬腳準備上車，就聽見背後傳來罵聲：「劉嘯，你個王八蛋！你給我站住！」

劉嘯心裏咯登了一下，聽聲音，他就知道是張小花追來了。

深吸一口氣，劉嘯換上了一副燦爛的笑容，轉過頭去，「怎麼？你是來送我的？真是太榮幸了啊！哈哈。」

「榮幸你個頭！」張小花飛起一腳，踢在劉嘯的屁股上，「你為什麼要辭職？你為什麼要走？為什麼走也不告訴我？你說，你說！」

劉嘯連忙按住張小花，解釋道：「唔……家裏出了點事，我得趕回去，來不及告訴你，對不起！」

「你撒謊！」張小花一把將劉嘯的車票扯了出來，「這是去海城的車票，你的老家在海城？」

劉嘯轉過頭，不敢面對張小花的質問，從自己的兜裏掏出一個隨身碟，道：「我把自己學駭客過程中的心得體會都總結了一下，另外還有一些比較好的資料工具，我都放在了這個隨身碟裏，我知道你喜歡駭客技術，這個東西對你或許有用。」

張小花沒有接隨身碟，而是繼續質問，「為什麼你要騙我，為什麼你走都不告訴我？」

劉嘯一聲嘆息，上前一步，把隨身碟塞到了張小花的包裹，「不要問了，我走以後，你要好好保重，不要再那麼任性了！」

「列車馬上就要發車，沒上車的旅客請趕緊上車！」登車口的列車員開始催促月臺上還沒上車的人。

「我走了！」劉嘯摸了摸張小花的腦袋，轉身準備上車。

「你站住！」張小花一把拽過劉嘯，「你不說我也知道，肯定是我老爸讓你辭職的，對不對？肯定是你煩我，討厭我，忍受不了我的任性，一刻也不想再見到我，才會走也不告訴我一聲，對不對？」

張小花幾乎是用吼的了，使勁地搖著劉嘯。

「不是！」劉嘯就憋出了兩個字。

「別人愛怎麼說，就讓他們說去，就算是我老爸說，我也可以不理，但我就想知道，你是怎麼想的，難道我就讓你討厭到了連走都不願打個招呼的地步嗎？」張小花拼命地搖著劉嘯，「你說啊，你說！」

劉嘯仰天唏噓，良久，他突然一把抱住張小花，緊緊地抱住，張小花再也不能動彈分毫，劉嘯在張小花的耳邊低低地說道，聲音是那麼地輕柔：

「我不討厭你，一點都不討厭，或許剛開始認識你的時候，是有點討厭的，但我慢慢發現，你是個多麼好的女孩，你率性、本真、善良、開朗、樂觀、勇敢、敢作敢為，雖然你有時候愛搞一些惡作劇，也愛耍小脾氣，但我真的一點都沒生氣，我很感激你，你總是把快樂和陽光帶給我。」

張小花安靜了下來，不再掙扎。

「其實我本不願意說出來的！」劉嘯雙手扶著張小花的腦袋，讓她看著自己，然後一字一句地說道：「張小花，我喜歡你！」

張小花似乎被電擊了一般，怔在了那裏。

列車員已經跳上了車，車門被他留了一條縫，衝著劉嘯喊道：「你上不上了？不上就開車了！」

劉嘯放開手，看著張小花，黯然道：「我們的差距太大了，我不敢奢求什麼，只能放棄，我希望你能原諒我……對不起了！」

劉嘯最後抱了一下張小花，轉身跳上火車，火車隨即啟動。

劉嘯唏噓不已，鼻子裏酸酸澀澀，透過窗子，他看見張小花還怔在那裏，或許她沒想到劉嘯會這麼說，或許她在想一些別的。

突然，張小花開始動了，她發瘋似地追著火車跑，嘴裏喊些什麼，但劉嘯已經聽不到，他就那麼看著張小花的身影在逐漸變小，慢慢變成一個黑點，然後消失不見。

火車沿著筆直的鐵軌往前，劉嘯不知道自己的海城之行前景如何，但他知道，自己的駭客之路，已經啟程了。

第十章　最強病毒

劉嘯大概弄清楚了原因，電腦感染了病毒，殺毒的人在刪除病毒的時候，不小心把資料庫檔也給刪除了一部分。最要命的是，資料庫沒做備份，而這資料又很重要，所以熊老闆連劉嘯都拉了過來，死馬當作活馬醫。

「一百二，馬姐你點一下吧！」劉嘯把一百二十塊錢和一張出工單按在了馬姐的桌子上。

「回來了？」馬姐抬眼瞥了一眼劉嘯，把錢一點，順手塞進櫃子，然後開始登記出工單，「活做得如何？」

「沒問題，好著呢！」劉嘯走到一旁，拉了張椅子坐下來，擰開自己的杯子開始喝水，「客戶很滿意！」

「那就好！」馬姐不再搭話，把出工單貼進了帳本裏。

劉嘯到了海城之後，並沒有去找藍勝華，而是自己找了份工作。他在報紙上看到一家網路安全公司招人，就打了個電話過去，沒想對方直接拍板要人，等劉嘯跑去上班，才發現這公司真是小得可憐。說是安全公司，其實就是代理銷售一些不出名的安全產品，空閒的時候還接一些雜活，比如幫人做個系統、複製光碟什麼的。

張氏的事情最後落了那麼個結局，劉嘯有點傷心，覺得心很累，他想休息一段時間，這家公司雖然是小了點，但是工作少，相對來說比較輕鬆，所以劉嘯就在這家所謂的「安全」公司落了草。

上午公司接了個活，有個客戶的系統壞了，需要重做，公司人手騰不開，就把劉嘯派了過去，像他這樣剛進公司的「新人」，也就只能做做這些技術含量比較低的活。

海城的太陽要比封明毒多了，出門跑了一趟，把劉嘯熱得快脫水，回來坐在那裏不停地喝水，補充著體內的水分。一邊喝著水，劉嘯就在那感慨，覺得真是有些好笑，以自己這樣的身手，居然落到要靠出去給人重灌系統來計算工作量的地步。

「開會了，開會了！」老闆牛蓬恩夾著皮包走了進來，「手上的活都先放一放！」

公司裏也就七八個人，聽牛蓬恩這麼一喊，就把活一放，看了過來。

「咳！咳咳！」牛蓬恩清了清嗓子，一臉嚴肅：「有個重要的事情，要跟大家商量一下。」

員工們心裏一緊，最近不景氣，公司業績很差，不會是要砍工資了？所有人都看著牛蓬恩，想知道個結果。

「熊老闆的電腦，壞了！」牛蓬恩說得一本正經，鏗鏘有力！

「噗！」劉嘯的一口水噴了出來，心想這也算是重要的事情?!這牛蓬恩真是有意思，結交的怎麼全是這樣的人，自己姓牛，娶了個老婆姓馬，就是剛才的那個財務馬姐，現在又搞出個熊老闆來，他這是要把百家姓裏和動物有關的姓全都要湊齊啊。

牛蓬恩很不滿地瞥了一眼劉嘯，劉嘯忙咳嗽了幾聲，裝作是喝水被嗆到了。

牛蓬恩收回目光，繼續說道：「熊老闆對於我們公司的重要性，想必大家很清楚，前幾天熊老闆的電腦壞了，誰也沒有找，就找了我們公司，這是為什麼？」

牛蓬恩把所有的人都掃視了一遍，大聲地說：「這是熊老闆對我們公司的信任。可結果呢？我們卻辜負了熊老闆的信任，派去技術員修好的電腦只維持了三天，三天就又出了毛病！」

牛蓬恩舉著三根手指，神情很激動，「熊老闆很生氣，後果很嚴重！」

員工們全都長出一口氣，只要不砍工資就好。

「上次熊老闆的電腦是誰去修的？」牛蓬恩看著一眾人等，開始秋後算帳了。

「是……是我。」一旁站起一人，劉嘯抬眼去看，知道這是公司的資深技術員，人稱「亮哥」。

「這個月工資減半！」牛蓬恩扣起工資來是毫不手軟，咬著牙道：「以後再出這種事故，給我捲鋪蓋走人！」

亮哥的小臉頓時煞白，搖搖晃晃地坐了下去。

牛蓬恩又咳了兩嗓子，道：「言歸正傳，我們現在的首要任務，就是重新挽回熊老闆對我們的信任。我剛剛已經聯繫過熊老闆了，他答應給我們最後一次機會，你們誰有信心修好熊老闆的電腦？」

眾人都開始縮脖子了，公司裏技術最好的就是亮哥了，他都修不好，自己去了肯定也不行，弄不好就跟亮哥一樣，半個月工資都得賠進去，因此誰也不願去冒這個險。

「只要能修好，立馬獎勵一千塊現金，決不食言！」牛老闆豎起一根手指。

眾人的脖子縮得更緊了。

「你們……」牛老闆氣得屋子裏直轉圈，「我真是瞎了眼，怎麼會招了你們這麼一幫廢物！」

任憑牛老闆怎麼跳腳，就是沒一個人站起來。牛老闆急了，「要是熊老闆的電腦修不好，大家一起完蛋吧！」

「我去吧！」劉嘯把水杯擰好，放在桌子上，然後站了起來，「我想試試！」

牛蓬恩大喜，三兩步就到了劉嘯跟前，「你能修好？」

「不敢說一定能修好，我盡力而為！」

牛老闆的喜悅之情就少了一大半，「不是盡力，是必須修好！」

「這有點為難我了！」劉嘯笑笑，「這樣吧，如果我修不好的話，我立馬捲舖蓋走人，絕不連累公司；如果修好了，獎金不用給我，只要你把亮哥的工資足額發放就行。」

牛蓬恩拿不定主意了，劉嘯能冒險，但他不行，「你到底有幾分把握？」牛蓬恩看著劉嘯。

「至少八成！」劉嘯倒也實事求是，只要不是很極端的毛病，他有信心拿下。

牛蓬恩咬了咬牙，「你等等，我先和熊老闆聯繫一下！」

牛蓬恩說完，夾著皮包進了自己的辦公室。

公司的人看見有人出來扛鍋，就各忙各的去了。亮哥感激地看了劉嘯一眼，不管劉嘯能不能修好，但他能為自己說話，自己就得感謝人家。

劉嘯有點納悶，拽過旁邊一個同事，「那個熊老闆到底是什麼人啊！」同事把劉嘯身子拽低，然後湊到耳邊低聲道：「咱們公司現在租的這個辦公室，就是熊老闆的產業。」

劉嘯「哦」了一聲，原來是房東啊，那也不必這麼小題大做吧，搞得像是火星要撞地球似的。

同事繼續八卦道：「聽說這個熊老闆擁有好多房產，手眼通天。咱們牛老闆是在麻將場上認識了熊老闆的太太，然後才認識了熊老闆，得了熊老闆的指點和提攜，這才開了這家公司。」

「怪不得！」劉嘯算是徹底明白了。

「你可得小心啊，不要逞能！」同事把聲音放到最低，「現在後悔還來得及，去了之後再後悔，那就來不及了。」

劉嘯笑了笑，轉身回到自己的椅子上坐著，自己都答應了的事，怎麼可能反悔。

過了半晌，牛老闆從辦公室裏鑽了出來，「劉嘯，你跟我走一趟！」說完，夾著皮包匆匆走出公司。

劉嘯再喝了一大口水，擦擦嘴，跟在後面出了門，到了樓下，牛蓬恩已經把他那輛老爺車開了過來，招呼劉嘯上了車，就呼呼地直奔熊老闆家去了。

老爺車開了二十來分鐘，拐進一個社區，牛蓬恩領著劉嘯上了一棟樓，來到一扇門前，牛蓬恩按了門鈴，「是我，大牛，熊哥開門！」

劉嘯不禁暗道流言可畏，同事把熊老闆吹得神乎其神，都用上了「手眼通天」四個字，卻沒想到熊老闆的家也很普通嘛，普通社區裏的普通一戶，並沒有傳言中的那麼厲害，看來以後這些道聽塗說、以訛傳訛的東西，自己是再也不能信了。

門開了，是個四十來歲的中年人，國字臉，濃眉大眼，長得倒是很有威勢。

「熊哥，這是我們公司的技術員，劉嘯！」牛老闆忙做著介紹。

熊老闆只是點了點頭，把門口讓開，「都進來吧！家裏很亂，你們隨便坐。」

「不坐，不坐！」牛老闆點著頭哈著腰跟了進去，「我們修完電腦就走！真是不好意思，上次沒給您弄好！」

「咳！」熊老闆擺擺手，「這哪能怪你們，電腦這玩意，誰也說不準它什麼時候就壞了。」

熊老闆的電腦就擺在客廳裏，他過去打開了電腦，回頭看著劉嘯，「劉技術員是吧？那就麻煩你了，你給看看。」

「什麼毛病，熊先生說說！」劉嘯說著走了過去，坐在電腦前。

「也不算是什麼大毛病！」熊老闆皺皺眉，「就是我放電腦裏的資料老是莫名其妙就沒了！上次老牛叫人給看了，說沒毛病，又說可能是中了什麼查不出來的木馬病毒，反正我也不懂，最後給弄了弄。但是今天我起來一看，昨晚我做的一份資料明明放電腦裏了，又沒了。」

劉嘯「哦」了一聲，把自己的工具開始往電腦裏拷貝，資料丟失，很可能是被竊取了。

劉嘯把自己檢測木馬病毒的工具運行起來，然後檢查著電腦的配置，突然發現一個很重要的問題，就問道：「你家裏的電腦沒接網路？」

「對，沒接！」熊老闆笑笑，「網路上駭客太多，不安全！」

劉嘯把自己的工具停止了運行，這電腦都沒接網路，難不成駭客還能跑到別人家裏來刪除資料嗎？

劉嘯搖搖頭，又問：「平時還有什麼人用電腦？」

「沒有別人！」熊老闆看著劉嘯，「這電腦我設了密碼的，就我一個人用。」

劉嘯皺了皺眉，這就有點奇怪了，再看看那電腦，是新出不久的一款機型，劉嘯指著主機上一個很不起眼的按鈕，「這是一鍵恢復吧？」

「似乎是吧……，電腦是送上門來安裝的，我記得當時好像是說過按這個鍵可以復原。」熊老闆那表情，似乎是從沒用過這個按鈕。

劉嘯「唔」了一聲，重新啟動電腦，隨即按了那個按鍵，然後電腦就出現了一個介面，劉嘯看了看，輕輕一笑，直接起身關了電腦，拆開主機，把裏面的一根線拔了出來，然後裝好主機，拍了拍，道：「好了！」

「這樣就好了？」熊老闆覺得不可思議。

「劉嘯，你再仔細看看，要不開機再檢查檢查！」牛老闆很緊張，這次可不能再修不好了。

「不用試了，問題已經解決了！」劉嘯拍拍手，開始收拾自己的東西。

「那到底是什麼毛病？」熊老闆有點好奇。

劉嘯把自己的東西都塞進工具包，「熊先生家裏有小孩吧？」

「有！」熊老闆有點摸不著頭腦，電腦壞了和有沒有孩子有什麼關係。

「多大了？」劉嘯繼續問著。

「上初三了！」

劉嘯「哦！」了一聲，把包背好，隨手拿起電腦旁的一本雜誌，雜誌的名字叫做《駭客攻防》，「你的孩子很有天賦，至少在電腦方面是這樣的。」

牛熊二人顯然沒聽明白，大眼對視一下，然後齊齊望著劉嘯。

「我剛才看了一下你電腦的使用記錄，一個星期前，有人做了第一個備份，幾小時後又做了第二個備份，到現在為止，共有過五次備分；其中有兩次是更新並恢復到第二個備份，另外三次是將系統和硬碟資料恢復到第一個備份，最後一次的恢復時間，便是今天凌晨的四點多。」

劉嘯看著熊先生，「這個時間，熊先生應該是在睡覺，此時能夠將電腦啟動並且恢復的人，我想只有你的家人了。」

熊老闆大概明白了劉嘯的意思，「你是說，我的孩子把我的檔案刪除了？」

「不是刪除，是恢復到備份狀態了！」劉嘯笑了笑，「一個星期前，你的電腦上肯定沒有這份檔案的，後來才有的。」

熊老闆點了點頭，「這倒是對。」

「這就像是我們在看書翻頁，你明明翻到了下一頁，但有人趁你不注意，又給你翻回到上一頁。」

「我明白了！我明白了！」熊老闆拍著腦門，「原來是這麼回事！」

劉嘯笑了笑，「如果熊先生丟失的那份檔案很重要，我可以為你恢復，只是有點麻煩，我今天也沒有帶工具，要恢復也得等下次來了。」

「重要倒是不重要！」熊老闆似乎還沒繞過彎來，「我只是想不明白，我的孩子為啥要把我的電腦來回恢復呢。」

「這就不是我能解決的了！」劉嘯笑呵呵看著熊老闆，「這得熊老闆你自己去弄明白了！」

劉嘯拍拍工具包，道：「如果熊老闆再沒其他的問題，那我們就先回去了！」

牛蓬恩也忙站了起來，「熊哥你放心，這次絕對不會再出現什麼問題了。」

「不著急走啊！」熊老闆客氣道：「我給你們沏茶，喝了茶再走！」

「不了不了！」牛蓬恩連連擺手，「誰不知道您熊哥是個大忙人吶，我們就不打擾了，有事您再吩咐。」

出了樓，牛蓬恩有些不放心，盯著劉嘯問道，「熊老闆的電腦真的沒問題了？」

劉嘯微微點頭，「我看沒什麼問題了！」

「最好別出什麼問題！」牛蓬恩嘴裏嘀嘀咕咕，「否則咱們全得玩完！」

劉嘯有點納悶，難道熊老闆電腦的好壞，還能決定一個公司的死活不成？何況自己還真沒看出來這個熊老闆哪裡厲害。

牛蓬恩一臉憂煩，回頭往熊老闆所在的樓層看了看，然後夾著皮包，奔向自己的老爺車去了。

剛進公司的門，馬姐就開始喊了，「劉嘯，領出工單！」

劉嘯皺眉走了過去，「又是重灌系統？」

「不然還能是啥？」馬姐把單子往劉嘯手裏一塞，「別磨蹭了，趕緊去，客戶還等著呢！」

劉嘯往工單上一瞄，心裏頓時發涼，客戶的位址距離這裏至少十公里，自己騎自行車過去的話，又得在太陽下曝曬一個小時了。

劉嘯苦笑，自己本想著來小公司能夠輕鬆一些，誰知道腦子是輕鬆了，胳膊腿卻遭了罪，重灌系統本身就沒啥技術可言，這對劉嘯來說，純粹是個體力活。

劉嘯背起水壺、工具包，準備出門，路到門口的時候，牛蓬恩開了口：「劉嘯……」

劉嘯站住了腳，看著牛蓬恩，他似乎是有話要說，可等了半天，也沒等到下文，劉嘯剛準備開口，就見牛蓬恩又擺了擺手，「你先去做事吧！」說完，鎖著眉頭踱進了自己辦公室。

熊老闆的電腦似乎是好了，至少這幾天沒有壞消息傳來，牛蓬恩的眉頭這才有點舒展，今日他特地沒讓馬姐上班，讓她去找熊老闆的太太打麻將去了。劉嘯不用猜，都知道這是過去探口風去了，只是劉嘯一直都很納悶，不明白牛蓬恩為什麼那麼害怕熊老闆。

下午快下班的時候，馬姐回來了，遠遠看出，她的眉心都快擰出了一把麻花來了。

牛蓬恩頓感不妙，趕緊問道：「怎麼樣？」

馬姐搖了搖頭，沒說話。

「電腦沒修好？」牛蓬恩急問。

「修……倒是修好了！」馬姐坐到椅子上，「可是還不如沒修好！」

牛蓬恩臉上的汗就出來了，「你倒是說清楚啊，什麼修好沒修好的，到底是怎麼一回事。」

「熊老闆的電腦是徹底修好了，而且原因也找到了！」馬姐嘆了口氣，「他兒子今年不是讀初三嗎，熊太太就把孩子的電腦給沒收了，不讓孩子玩，本是想讓兒子好好念書。誰知道這孩子還挺精，半夜等熊老闆和他太太都睡了，偷偷地在熊老闆的電腦上打遊戲，這不，前天晚上被熊老闆給抓著了。」

「那怎麼就不好了呢？」牛蓬恩有點暈，「上次劉嘯去，不就說是他孩子在亂弄電腦嘛，這判斷得挺準的啊！」

「準是準！可現在熊老闆家全亂了套，那孩子正和他們夫妻幹架呢！」

馬姐唉聲嘆氣。

這下牛蓬恩也傻了，修不好吧，是自己無能，熊老闆要生氣；可這修好了吧，又搞出這麼個麻煩事，估計熊老闆會更生氣。這叫個什麼事，自己怎麼著都討不到好。

牛蓬恩瞪眼看著劉嘯，想罵兩句吧，卻又不知道該罵什麼，劉嘯又沒錯。

「狗日的！」牛蓬恩也不知道罵了誰一句，然後拽著馬姐進了辦公室，估計是想辦法去了。

第二天上班，牛蓬恩一臉的疲色，嘴角竟長出個火癤子，進門誰也沒看，直接進了自己的辦公室。大家往牛蓬恩身後看去，往日和牛蓬恩前後腳的馬姐竟然也沒影，看來馬姐今天是不會來了。

劉嘯坐在椅子上等了半晌，終於接到了一個活，有個客戶的電腦出了毛病，需要人去看看，亮哥給劉嘯開了工單。劉嘯背起水壺工具包，準備出門，一腳剛踏出公司的門，正好有人要進公司的門，兩人差點就撞到了一起。

「對不……」劉嘯趕緊道歉，抬頭去看，就有點驚訝，「熊先生？怎麼會是你啊。」

熊老闆笑呵呵地看著劉嘯，「你這是要出門啊？」

「對！接了個活，要出去！我幫你喊老闆！」劉嘯說完，轉身衝裏面喊道：「老闆，熊先生來了！」

話音剛一落，就聽「匡噹」一聲響，牛蓬恩忙不迭地從辦公室裏撞了出來，「熊……熊哥，您怎麼有空來我這公司啊。」牛蓬恩說完，就衝公司裏的人喊道：「愣著幹什麼？還不快歡迎熊老闆！」

一眾人等急忙起身鼓掌。

劉嘯看沒什麼事了，心想客戶那裏還等著呢，就要閃人。

「劉嘯，你等一等！」熊老闆突然開口喊住了劉嘯，「我有點事，想和你商量商量！」

「呃？」劉嘯有點摸不著頭腦，心想：你熊老闆有事也不可能找我商量吧。

「大牛，你辦公室方便嗎？我想和劉嘯單獨說兩句！」

「方便，方便！」牛蓬恩趕緊打開了自己辦公室的門，「您儘管用，咱們之間還用客氣嘛！」

熊老闆當即進了辦公室，劉嘯皺皺眉，看來自己只好去聽聽熊老闆的事了，進辦公室之前，他把那出工單塞到了牛蓬恩的手裏。

「劉嘯！」熊老闆看劉嘯進來坐下，這才開了口，「我記得你上次說，你能恢復被刪的資料？」

劉嘯點了點頭，「會倒是會，不過這得看具體的情況，有時候可以恢復，有時候不能恢復。怎麼？熊先生要恢復哪份檔案？你的那個沒有問題，我可以恢復！」

「這我知道。」熊老闆點了點頭，「我的文件不重要，用不著恢復。」

「那熊先生的意思是？」劉嘯有點納悶了。

「我是想問問，假如這個檔案不是被刪除了，而是被破壞了，你有沒有辦法恢復？」熊老闆看著劉嘯，神情有點嚴肅。

「這……」劉嘯頓了頓，「這個很難說，得看是因為什麼被破壞的，只要找到原因，想要恢復資料應該不難。」

「這種事情你以前做過沒，有幾分把握？」熊先生求證著。

「這個我沒法給你保證，不過，我之前倒是做過很多的資料研究，恢復資料應該還可以應付吧！」劉嘯呵呵笑著。

「哦！」熊先生沉眉思索了一會，「那這樣吧，你跟我跑一趟，我朋友那裏有份很重要的文件被損壞了，這個事情還得你多多費心。」

「熊先生不用這麼客氣，這是我們公司的業務範圍嘛，那我們是不是現在就走？」劉嘯問。

「嗯，現在就走！」熊先生說完站了起來，率先出了辦公室的門，「大牛，劉嘯跟我去辦點事。」

「好好好！」牛蓬恩連連點頭，還不忘囑咐劉嘯，「熊老闆的事情，你一定要辦好。」

劉嘯跟著熊老闆下了樓，就看熊老闆的車已經等在了那裏，是一輛德國原產的豪華奧迪，司機看見熊老闆過來，急忙拉開了車門。

劉嘯不由有些驚訝，這熊老闆倒是有趣，住的房子很普通，車子倒是不錯，還專門配個司機。

熊老闆上車也沒開口，司機便一路開車前行，劉嘯對海城並不是很熟，只知道車子七拐八拐，最後拐到了一條林蔭大道，這條路似乎有些歷史，兩邊的樹又粗又壯，看來至少有七八十年了。

車子停到一個白色院子外面，熊老闆招呼劉嘯下車，「一會兒進去，你只管專心研究你的資料，別的事情，不要多打聽。」

劉嘯「唔」了一下，表示知道，抬頭打量這座白色的小院子，牆是白色的，牆裏的房子也是白色，是上世紀初期的那種歐式建築，看來這房子的歷史比它外面的樹還要久遠一些。

劉嘯的眼光從牆上瞄過，不由一驚，在牆頭的拐角隱蔽處，他竟然看到了紅外線警報器，再仔細一看，這院子上的警報器還真不少，交織成一張密不透風的網，一般人看不出來，但劉嘯前一段時間給張氏搞安全設計的時候，查了很多資料，後來又從藍勝華那裏看到過不少的監控報警儀器，因此對這個還算是半個內行。

劉嘯跟著熊老闆的身後進了白色院子，心裏狐疑不已，猜測著這院子裏到底住的是什麼人。進了大廳，就見大廳裏幾個人圍著一台電腦，正爭了個面紅耳赤。

其中一個戴眼鏡的人，看起來很斯文，此刻卻一蹦三尺高，指著另外一個人大吼，「你放屁，你的那方法根本是胡扯！」

另外一人也急了，「那你來，有本事你把它弄好！」

斯文人不蹦跳了，恨恨道：「反正你那方法肯定是不行的！」

其他幾個人紛紛勸著，「別吵了，別吵了，吵又不能解決問題，現在緊要的是趕快想出個可行的辦法，留給我們的時間可不多了啊！」

兩人停止了爭吵，和其他幾個人重新圍在了電腦前，看著螢幕上的資料各自皺眉，不時地指指點點，提著意見。

有一個人坐在大廳深處的沙發裏，看見熊老闆帶著劉嘯進來，就迎了上來，「熊先生，您來了！」

熊老闆點了點頭，回頭看著圍在電腦前的幾個人，「還沒有恢復過來？」

那人搖頭，「這幾個人都是我們請來的國內資料恢復專家，他們已經試盡了辦法，還是不行。」

熊老闆指著劉嘯，「這位是劉嘯，他的電腦水準很不錯，我帶他過來試試。」

那人看了看劉嘯，有點沒放在心上，劉嘯最近天天跑出去給人重灌系統，累死累活的，此刻身上又穿了件破工作服，看起來就和建築工地上的工人沒什麼兩樣。所以那人只是稍稍點頭，道：

「老闆已經聯繫上了國外的資料恢復專家，此刻已經在天上了，估計很快就能到海城。」

熊老闆有些不爽，這話明顯是信不過自己帶來的人，雖然他自己也信不過劉嘯。

熊老闆很不滿意地咳了兩聲，對劉嘯道：「劉嘯，你過去看看，和大家一起琢磨琢磨，想個辦法把資料給修復了。」

劉嘯應了一聲，走到電腦前，看那幾個人還在皺眉，就道：「麻煩讓一讓！」說完，劉嘯分開眾人，接過了電腦的滑鼠鍵盤，點上去看了看，發現要修復的是一個資料庫檔，此刻無法打開，一打開就提示資料有損壞。

劉嘯把自己的工具包甩到身前，打開套裝軟體開始翻檢起來，之後挑出一張光碟，插進光碟機，他要把自己的檢測工具複製到電腦裏。

其他幾人反正也想不出什麼好辦法，索性退到一邊，任由劉嘯在電腦上折騰，反正他們也不看好這個年輕小夥子，甚至覺得和劉嘯站在一塊都有點掉身分，他們可都是國內的權威和專家啊。

劉嘯也不在意，用工具去分析這個資料庫檔，人站在電腦前，手指敲著桌子，等著分析結果出來。

外面一陣腳步聲起，然後走進幾個人來，前面領路的人道：「馬科斯先生來了！」

正在和熊老闆聊天的那人又趕緊迎上前去，「馬科斯先生，歡迎你，這次全拜託你了！」

馬科斯不知道是哪國人，反正說的不是英語，嘰哩哇啦一頓，前面領路的人翻譯道：「馬科斯先生問要修復的資料在哪裡，是不是現在就可以動手？」

「當然當然！」那人順手一指劉嘯這邊，「要修復的資料就在這裏！」

翻譯一說完，就看那馬科斯頭一甩，他身後的一男一女兩個助手便提著個大包來到電腦前，把劉嘯往旁邊一推，然後打開包包，一件件往外掏：滑鼠、鍵盤、耳機……，然後再把電腦上原有的滑鼠鍵盤全部摘掉換上。

劉嘯的眼鏡差點沒跌破，這樣的情景讓他想起了小武表弟，不管走到哪裡，小武表弟總要帶著自己的遊戲專用鍵盤滑鼠，只是劉嘯不知道恢復資料還有「專用」的鍵盤滑鼠。

好容易把自己的下巴頦扶住，劉嘯心裏暗暗罵道：「媽的，老子今天總算是開了洋葷，長了見識。」回頭一看，幾個國內的專家權威也都傻了。

那兩名助手剛換完鍵盤滑鼠，劉嘯就看見自己的工具彈出提示「資料分析完成！」劉嘯本想過去看看的，卻見馬科斯已經捲起了袖管往這邊衝。

「破累死！」劉嘯很大方地讓出電腦，往後退了兩步，他倒想看看這個洋和尚能念出什麼洋經文來。

幾個國內專家也靠近了幾步，如果洋和尚能修好，那就是偷師；如果修不好，就當看熱鬧。

兩名助手各自抱了一台筆電站好，那洋和尚便開始了，只見他頭往左邊一甩，女助手就上前一步，拿著筆電迅速記下一個資料；頭再往右一甩，男助手便上前一步，報上一個資料；洋和尚的頭甩來甩去，他身後的助手就跟著節奏，來來回回地上前退回、上前退回。

洋和尚似乎是甩得有些頭暈，終於不甩了，改為咳嗽，咳一聲，女助手上前，咳兩聲，男助手上前，一時屋子裏就咳了個此起彼伏，「咳！咳咳！咳咳咳！」

劉嘯終於受不了，捂著耳朵往遠處躲了躲，誰受得了這沒完沒了的咳啊。洋和尚雖然也咳得挺有節奏韻律的，但翻來覆去就這麼一個音節，未免也太過於單調了，咳得眾人嗓子眼都一陣陣發癢。

「靠，洋和尚這功夫還真不是吹的！」劉嘯一臉擔心地看著那洋和尚，「要是換了我，估計早都咳出血來了。」

那邊的熊老闆似乎也忍受不了了，這洋和尚看起來也太不靠譜了，他過來走到劉嘯身邊，「劉嘯，你認為這個馬科斯如何？」

「專業！」劉嘯無限景仰地看著馬科斯的背影，「相當的專業！」

熊老闆皺了皺眉，「我沒問他的架勢和派頭，我是問他的水準！」

劉嘯搖了搖頭，心想：人是你們請來的，你們事先不打聽清楚，現在倒跑來問我，我怎麼會知道，我和馬科斯又不熟。

不過劉嘯還是道：「等會兒看吧，說不定他還真是個高手，把那資料給恢復了呢！」嘴上這麼說，劉嘯心裏卻一點不對這個馬科斯抱什麼希望。

馬科斯咳嗽的頻率越來越低，最後徹底啞了火，繞著電腦左三圈右三圈地轉，似乎是在想解決問題的辦法。周圍眾人也終於是頂不住了，這熱鬧看得可真夠累人的，紛紛尋了位子坐下，靜候洋和尚的佳音。

劉嘯和熊老闆有一句沒一句地聊著，倒是大概弄清楚了資料庫檔被損壞的原因，電腦感染了病毒，殺毒的人在刪除病毒的時候，不小心把資料庫檔也給刪除了一部分。最要命的是，殺毒之前資料庫沒做備份，而這資料又很重要，所以熊老闆也是慌不擇路，連劉嘯這個只有一面之緣的人都拉了過來，死馬當作活馬醫。

時間一分一秒地過去，那洋和尚還是沒動手。劉嘯此時又把崇敬的目光投給了那兩個助手，洋和尚不搖頭不咳嗽了，那兩人就像個電線杆一樣杵在原地，眾人坐著都嫌累，就是洋和尚自己都得不時地扭扭脖子扭扭屁股，而那兩人抱著電腦站在那裏，卻依然精神奕奕。

洋和尚似乎是想出了辦法，突然趴到電腦前，將鍵盤敲得震山價響，眾人來了精神，起身往電腦前聚去，想看看洋和尚要怎麼做。

誰知眾人還沒靠近，那洋和尚便身子一直，聳了聳肩，嘴裏嘰哩哇啦一陣爆豆子。

翻譯開口了，「馬科斯先生說了，他擅長的是恢復被刪除的資料，這個資料不屬於此類範圍，所以他本人對此無能為力。」

馬科斯又嗚啦了兩句，翻譯再翻：「馬科斯先生說了，他的技術絕對是世界一流的，就算硬碟被燒成了灰，他也能把上面保存的資料恢復過來，遺憾的是，你們的這個資料庫檔也不屬於此類。」

「屁！」劉嘯終於忍不住了，你沒本事就說沒本事，整這麼多藉口幹什麼，還嚇唬人，搞毛了，老子就給你燒個硬碟，然後捏一撮灰噴你臉上，看你小子能不能把這撮灰變成數據。

馬科斯說完，一咳嗽，他的助手便開始卸鍵盤滑鼠了。

「對不起，再見！」馬科斯憋出兩句中文，轉身帶著自己的助手閃人了。

屋子裏眾人面面相覷，一時竟是回不過神來。

第十一章　後起之秀

衛剛一愣，隨即嘆氣，說：「看來反病毒界是英才輩出，後起之秀還真是不能忽視，如果我能稍微謙虛謹慎一些，也不會栽這個跟頭。」說完他看著劉嘯，「那你應該知道清除這個病毒的方法吧？」

熊老闆和那個看不起劉嘯的人面色愈發難看，這下可怎麼辦呢，國際國內的專家都弄不好。

劉嘯很是不爽，嘴裏罵罵咧咧地到了電腦前，打開自己剛才放的那個工具，點了確定，便出現了一份詳細的檢測報告。

劉嘯把報告看完，道：

「損壞的資料總有十處，分別為〇三年七、八、九三個月，〇四年四月，〇五年三、九、十月，以及〇七年四、八、十一月。」

熊老闆的眼睛亮了起來，急忙走到電腦跟前，聲音都顫抖了，「那……那能恢復嗎？」

劉嘯搖搖頭，「沒有受損的部分，我可以救得回來，但這十處受損的資料有點難辦，我還無法確定能不能恢復。」

「先搶救沒受損的資料！」之前看不起劉嘯的那人像是抓到了最後一根救命稻草，「我們現在就拜託你了，你一定要把這些資料恢復過來！」

「我只能盡力去做，但不敢保證！」劉嘯打開自己的套裝軟體，又開始翻檢起來，「這個損壞的資料庫檔是你們從其他地方複製過來的，所以我分析不出來它到底是怎麼損壞的，恢復起來很難。」

「那如果給你看原始文件，你是不是就有辦法恢復？」那人急忙問道。

「那也得看具體情況！」劉嘯一邊說著，一邊又把一張光碟插進光碟機，嘟囔道：「既然你們知道資料這麼重要，為什麼不做好備份呢？」

「每天都有做備份！」那人有點鬱悶，「就是前天沒來得及做，結果就出了問題！」

劉嘯大汗，「那還搞得這麼麻煩幹什麼？你去把大前天備份的資料拿來，我再從這受損的資料中把前天的資料分離出來，不就得了！」

專家們頓時都傻了眼，沒想到自己熬了兩天都沒解決的問題，竟然被這個「工人」如此輕鬆就解決了，為什麼自己之前就沒有想到這個辦法呢？

資料專家有些鬱悶，他們跟那個馬科斯一樣，擅長的是恢復資料，而疏於資料庫結構的研究，你給他們一塊被格式化了的硬碟，他們不費吹灰之力就能把資料恢復，但要他們從受損的資料庫檔裏分離出無損資料，那就很難了。

那人有點激動，「好好好，我現在就讓人把備份送過來！」說完，就掏出手機準備打電話。

「你等等！」劉嘯開口了，皺眉看著螢幕，他自己的工具打開了資料庫檔，「看來沒那麼簡單！」

「啊？」那人剛剛暴漲的熱情頓時熄滅，「怎麼回事！」

劉嘯嘆了口氣，「這個資料庫檔被病毒感染了，後來刪除病毒的時候，非但沒刪乾淨，還損壞了裏面的資料，結果就造成了現在的這個情況：無損的資料和殘餘的病毒代碼混雜在了一起，無法分離。」

劉嘯指著螢幕上的一堆亂碼苦笑。

「那怎麼辦？」熊老闆還算沉得住氣，看著劉嘯，「既然你能分析出原因，你應該有辦法把資料分離出來吧！」

劉嘯沉眉，道：「辦法倒是有！只是我以前從沒碰到過這種情況，也沒有試過，所以……」

「沒事！反正資料已經壞了，大不了它還是個壞，你儘管去試吧。」

熊老闆表了態，現在國內國外的專家都沒辦法，反正都是個死，倒不如讓劉嘯去試一試。

「那好，我盡力試試就是了！」劉嘯點點頭，回頭對著那人，「你剛才是說，被病毒感染的資料庫檔沒有備份，對吧？」

「對。」那人也是頭痛不已，「不然也不會這麼被動了！」

「病毒只感染了這個資料庫檔嗎？」劉嘯繼續詢問。

「不是，伺服器上的檔都被感染了！」

劉嘯追問：「那其他的文件呢？你們是不是也做了清除病毒的工作？」

「沒有，我更換了新的伺服器，所以其他的檔案都還在！」

「那好！」劉嘯總算是喘了口氣，「你們立刻去那伺服器上取個檔，要被病毒感染的，隨便什麼檔都可以！」

「好好好！」那人慌忙點頭，「我這就去辦！」

「別急！」劉嘯喊住那人，「還有，之前你們刪除病毒的那個專家還在嗎？我需要知道他是怎麼清病毒的，具體的演算法我必須知道。」

「好，我把那專家也一塊叫來！」那人說完，看劉嘯再無吩咐，趕緊去安排了。

劉嘯回頭看著熊老闆，「熊老闆，還得麻煩你的車再送我一下，我得回家一趟，家裏的電腦上有比較全面的病毒庫，我需要這個病毒庫來做判斷。」

「那走吧！」熊老闆二話不說，率先開道：「我親自陪你去！」

劉嘯上車說了地方，司機便發動了車子。

「劉嘯，損壞的檔你已經看過了，你估計恢復它的可能有多大？」熊老闆開口問道。

「這種受損的檔修復起來比較困難，反正我盡力就是了！」劉嘯嘆了口氣，「就好比是一座大樓，你把它拆了，然後再照原樣蓋一座很簡單。但如果大樓的龍骨突然被人抽走了，想要維持大樓的原狀就很困難，甚至要付出比蓋十座這樣的大樓還要多的代價。」

「這個我明白！」熊老闆憂色更沉，道：「就算是花費一百座大樓的代價，這個檔案也必須恢復，你明白嗎？這份資料很重要！」

要修復的檔案肯定都是有價值的，但劉嘯想不出來什麼檔案能夠價值一百座樓，不過他還是說道：「熊先生你也不必太擔心，根據我的經驗，只要方法得當，要恢復資料應該是不成問題的。」

熊老闆這才稍稍寬心，閉目躺在靠背上，不再說話。

劉嘯到家取了自己的電腦，和熊老闆再次返回那白色小院，那人已經等在了那裏，屋子還多了一個三十多歲的人。

看見劉嘯背著電腦進來，那人忙上前接過電腦，道：「你要的東西我們都取來了，這位就是之前負責刪除病毒的專家。」

那三十多歲的人上前一步，微微點頭，「衛剛！」

劉嘯遲疑了一下，這個名字自己很熟悉。衛剛，反病毒界高手中的高手，人送外號「風清揚」，人人都說衛剛是精通反病毒的「獨孤九劍」，任何病毒到了他手裏，就算是走到了盡頭，他都能輕而易舉地將病毒連根拔掉。

劉嘯急忙伸出手，「衛前輩，久仰大名！」

衛剛淡然一笑，「前輩不敢當，我只是比你早入行了幾天而已，咱們這行靠的是實力，比的是技術，資歷是不能作數的。呵呵，這不，我捅的婁子今天還得你來收拾呢。」

「這是我的榮幸！我會盡力的！」劉嘯咬了咬牙，「我把它視為一次挑戰。」

衛剛聽出了劉嘯話裏的意思，笑著拍拍劉嘯的肩膀，「好！夠直接，我喜歡，我接受你的挑戰。」

他把劉嘯拖到電腦前，拿出一個隨身碟，「這裏面是我對這個病毒的研究分析，還有我上次刪除病毒的演算法和工具，如果你還有什麼不清楚的地方，儘管問我。」

「謝謝前輩了！」劉嘯把隨身碟接過，轉身朝那人要了自己的電腦打開，「你取的被病毒感染的檔呢？」

那人忙遞上另外一個隨身碟，「在這裏。」

劉嘯先把被病毒感染的檔複製到自己電腦裏，誰知剛一複製過去，自己電腦的警報器就開始響了，提示發現病毒！

「咦？」劉嘯有點意外，病毒竟然是自己病毒庫中已經存在了的，那這個病毒應該不稀奇才對，為什麼衛剛還會大意地刪除失敗呢。

衛剛也看見了報警，圍上前來，道：「怎麼？有什麼不對嗎？」

劉嘯點開警報器的報告，掃了一眼，回頭看著衛剛，凝眉道：「這種病毒，我以前見過！」

「見過？」衛剛大出意外，「你什麼時候見過？真是奇怪，為什麼我的病毒庫中竟然沒有？」

衛剛很震驚，要論病毒庫的容量，他的絕對是國內最全的，為什麼單單就漏掉了這個病毒呢。

劉嘯點點頭，「確實見過，不過……」

「不過什麼？」衛剛急忙問。

「我是說現在的這個病毒和我以前見過的稍微有點不同，應該是個變種！」劉嘯的眉頭皺在一起，他也有點想不明白，這個病毒明明被自己拋到了廖氏，而且自己還做了防範措施，為什麼它能感染到廖氏以外的電腦呢？

劉嘯趕緊用工具打開這個被病毒感染的檔案，他得確認一下，雖然警報器顯示這是修改過的wufeifan病毒，而且還有自己修改的痕跡，但他覺得這絕對不會就是自己修改的那個變種。

旁邊的衛剛有點著急，「那你上次是在哪裡見到過這個病毒？」

「衛前輩聽說過終結者論壇嗎？」劉嘯問。他說的終結者論壇，便是他經常去的那個民間反病毒愛好者的論壇。

衛剛點頭，「這個我當然知道，但我已經很久不去了，以前那裏的幾個高手後來都被各大公司給招攬了，現在那裏已經沒有什麼高手了。」

「一個多月前，這個病毒的原始樣本就是在終結者論壇公佈的，有人公佈了清除的方法，還發出預警，說這種病毒的變種很快就會襲擊網路。」劉嘯說這話的時候，心裏竟是小小得意，一切都在他的預料之中。

衛剛一愣，隨即嘆氣，說：「看來反病毒界是英才輩出，後起之秀還真是不能忽視，如果我能稍微謙虛謹慎一些，也不會栽這個跟頭。」說完他看著劉嘯，「那你應該知道清除這個病毒的方法吧？」

劉嘯點頭：「知道是知道，但我還得再分析一下，現在這個是病毒的變種，刪除的方法肯定會稍微有點變化。」

劉嘯說完頓了頓，斜眼瞥著衛剛，「我聽說這種病毒的殼很難脫掉，之前有人用了一個多月才成功脫掉了它的殼，衛前輩能在這麼短時間內辦到，技術高超四個字，你是當之無愧的。」

「哪裡哪裡！」衛剛擺擺手，道：「說起來不怕你笑話，這種病毒的殼我兩年前曾經碰到過，那時候是用在一個木馬程式上。當時我捕獲到木馬後，一直脫不掉殼，後來我還到終結者論壇發過求助帖，可惜沒了下文，最後我也是花費了兩個月的時間才脫掉了這個殼。我記得很清楚，當時那個木馬的作者叫做wufeifan。」

劉嘯的眼睛就直了，世界真是太小了，誰能想到衛剛這樣的高手還會穿著馬甲（編注：在網站上重覆註冊的帳號）到論壇上去向人求助，而且求助的對象，竟是當時還很菜的自己。

更讓劉嘯想不到的是，自己兩年後竟然還能見到那馬甲的主人。如果衛剛知道這些事，估計他會把眼鏡都跌碎了，不過衛剛能把這事坦然說出來，倒讓劉嘯欽佩不已，這比自己見到過的龍出雲、邪劍兩人的氣魄要大出去好多。

劉嘯沒把這事挑明，問道：「那衛前輩知道這個wufeifan是誰嗎？」

衛剛搖搖頭，「我也追蹤了兩年，但關於這個wufeifan的資料，我一點都沒得到。」

劉嘯「哦」了一聲，趴在電腦前，專心致志地研究起那個檔。

這個病毒的變種確實是劉嘯修改的那個，它在區域網中的傳播方法是獨一無二的，這是劉嘯從踏雪無痕那裏改進的方法。但是這個變種明顯還被人修改過，有人給它添加了向廖氏之外傳播的方法，讓它從廖氏逃逸了出去，病毒的隱蔽性大大加強。最重要的，它添加了新的功能。

劉嘯把它放在虛擬系統之中運行，發現病毒在電腦裏打開了一個後門，病毒不斷地監聽這個後門，在等著自己主人的命令到達，一旦命令到達，這個病毒會瞬間將一台好端端的電腦變成肉雞。

「有人在利用這個病毒培養殭屍網路！」衛剛在一旁提醒。

劉嘯點點頭，這個他當然知道，病毒無限制地感染下去，會有很多台電腦中招，如果病毒不發作，這些電腦表面看起來和正常的電腦一樣，可一旦病毒的主人發出了命令，所有中招的電腦瞬間都將被控制利用起來，這就是所謂的「殭屍網路」了。

劉嘯不關心病毒主人的目的，他關心的是這個變種是誰修改的，按理說，只有邪劍才能接觸到這個病毒，但邪劍沒有理由，也沒有動機去培養殭屍網路；而且，病毒變種裏的作者名字沒有被修改，還是wufeifan；如果說這是wufeifan修改的，動機是有了，但他又是如何知道這個病毒在廖氏的企業網內爆發了呢？

「難道……」劉嘯心裏冒出一個大膽的設想，如果邪劍就是wufeifan？……

「你想到清除病毒的方法了？」衛剛看劉嘯站在那裏半天沒反應，便出聲問道。

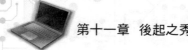

「哦？」劉嘯回過神來，愣了一下，道：「可以清除掉，我來試試！」

劉嘯說完，在自己的電腦裏翻了翻，找出一個工具，這是他之前為廖氏預備好的病毒清理工具，他原本打算難為邪劍一段，就把這個工具投放到廖氏去，但他沒想到的是自己很快就被張春生趕出了張氏，到了海城，他就把這事給忘了。

當下劉嘯運行這個清除工具，把那個被病毒感染的檔中的病毒代碼給刪除掉。

「衛前輩，你看看！」劉嘯指著被修復了的檔，「你檢查檢查，看是不是刪除乾淨了？」

衛剛上前只是稍微一瞄，道：「完全修復了！」不過，他心裏倒是狐疑不已，這個劉嘯剛才還說刪除的方法會有所不同，現在直接拉出工具就把病毒刪除了乾淨，難道他還能未卜先知，來之前就把工具給預備好了？

劉嘯沒察覺出自己剛才的疏忽，笑道：「那就好，看來資料恢復大有希望！」

他身後的熊先生一聞此言，頓時輕鬆了不少，鎖著的眉頭不禁舒展開來，興奮地等著劉嘯的下一步動作。

劉嘯將受損的資料做了一個備份，其中的一份他想複製到自己的機器上，這樣比較穩妥點，但一複製就被提示沒有許可權。

那人走上前來，「不好意思，這些資料都很重要，不能外傳，所以……」

劉嘯表示理解，當下把備份放好，然後把自己的刪除工具複製了過來，將資料庫中的殘餘病毒代碼刪除掉，之後他打開資料庫一看，喜道：「成功了！」

說完他直接動手，將資料庫中最後一天的記錄分離了出來，做成資料庫檔，然後對那人道：「好了，你把這個檔拿去，然後和你們之前的資料庫備份合併到一起，應該就沒什麼問題了。」

那人很激動，趕緊複製了，著人拿走去試，回頭對劉嘯連連道謝。

「我有個疑問！」衛剛打斷了眾人，冷冷道：「我想知道，我之前的刪除失敗是為什麼，還請你不吝賜教！」

衛剛雖然問的是自己為什麼會失敗，但他想知道的卻是劉嘯為什麼能這麼輕而易舉就刪除掉了病毒，甚至劉嘯看都不看一眼自己之前的刪除演算法。這不得不讓衛剛懷疑，他無法解釋，為什麼劉嘯會提前準備好清除病毒的專殺工具。

劉嘯奇怪地看了衛剛半天，才算是回過味來，明白了他的意思，道：「你是想問我，為什麼不看你的演算法也能把病毒刪除吧？」

衛剛沒說話。

劉嘯笑笑，「其實這個病毒是由兩部分組成的，它的功能部分和複製傳播部分採用的是兩種完全不同的編寫技術，功能部分很好區分，也很好刪除，但複製傳播部分的編寫技術相對來說要高明一些，更接近底層，想要區分和刪除就有點難度。我想衛前輩先前之所以刪除病毒失敗，大概就是因為沒有發現這個複製傳播的部分。這也難怪，很少有人會在一個程式裏採用兩種不同的編寫手段，我要不是事先曾研究過這病毒，估計也會中招。」

劉嘯此時倒是有些鬱悶，這原本是自己給邪劍下的套子，邪劍套沒套住自己不清楚，沒想到倒把衛剛給套住了。

劉嘯的這個解釋也算講得通，衛剛不再言語，走到電腦前，仔細把被病毒感染的檔又看了一番，皺眉沉思片刻，突然道：

「這個病毒，絕對是兩個人寫出來的！」

劉嘯大吃一驚，不知道衛剛是怎麼看出來的。

「我研究了十年的病毒，卻從沒見過這樣的病毒。根據我的判斷，這應該是有人拿病毒的原始樣本修改過的，做功能的人可能沒有設計傳播，而做傳播的人又沒有設計功能。」

衛剛感慨了起來，「真是天才啊，誰能想到這樣拼湊出的病毒會如此難纏，如果這病毒是一個人做的，那這個人是天才；是兩個人做的，那這兩人都是天才。這次的跟頭，我栽得一點都不冤！」

劉嘯鬆了口氣，原來衛剛也只是個猜測而已，他自己也不能肯定。

衛剛走到劉嘯跟前，「剛才誤會你了，真是不好意思，我給你賠罪！」

衛剛嘆了口氣，繼續說道：「這次要不是你幫忙恢復了資料，我惹出的這個大禍還不知道怎麼收場呢，謝謝你了。」

衛剛說完，就要朝劉嘯鞠躬。

劉嘯趕快攔住，「衛前輩，你這是幹什麼！做我們這行的，難免會有失手的時候，要想不失手，除非是躲在家裏，一輩子不碰電腦。」

衛剛嘆氣，也不再客氣了，問道：「我還不知道小兄弟你尊姓大名，在哪裡高就，等騰出空來，我一定親自去拜謝。」

「我叫劉嘯！」劉嘯趕緊在工具包翻了翻，揀出一張名片，「這是我的名片！」

衛剛拿自己的名片換了，然後一瞧，「ＮＬＢ網路安全科技公司……，咦，這個公司我好像從沒聽說過啊。」

「小公司，衛前輩當然沒聽過。」劉嘯笑了笑，「我們老闆姓牛，牛老闆，簡稱就是NLB。」

衛剛大跌眼鏡，沒想到NLB是這個意思。

一旁的熊老闆也樂了，他也是現在才知道牛蓬恩公司名的來歷，心裏暗笑不已，趕明兒自己也註冊一家公司，名字就叫XLB，牛蓬恩這小子別的不怎樣，起名字的方式還真不錯，好記又省事！

衛剛把名片收好，「像你這樣的人才，放在小公司可惜了，要不我給你引薦幾家？」

「謝謝前輩，你的好意我心領了。」劉嘯笑著搖頭，「我暫時還沒有換工作的意願，現在做得挺開心的。」

衛剛還要再勸幾句，卻見一旁那人喊了起來：

「伺服器來消息了，損壞的資料完全修復了！」

說完，他激動地走過來，拽住劉嘯的手，連連道謝：「謝謝，謝謝，謝謝劉先生，你這次可是救了我們的命！真不知道該怎麼感謝你！」

「不客氣，這也是我們公司的業務範圍！」劉嘯有點汗，他原本以為會是個大挑戰，沒想到搞到最後，卻是個揀現成便宜的事情。

「我看這兩天大家都累了，不如先休息吧！」熊老闆笑了起來，環視眾人，「明天我親自設宴答謝諸位，謝謝大家了。」熊老闆回頭看著那人，「你送送這幾位專家。」

眾人客氣了幾句，這便紛紛散去。

劉嘯也想混進人群離去，被眼疾手快的熊老闆叫住了，「劉嘯，我送你回去。」

「沒事！」劉嘯擺手，「我自己能回去。」

熊老闆不由分說，拉著劉嘯就往外走。

到了門口，看見衛剛還沒上車，劉嘯就過去道別，「衛前輩，有件事得拜託你！」

「你說！」

「我看這個病毒還有繼續擴散的趨勢，終結者論壇雖然一個多月前就發出了預警，但影響能力實在有限，我想……」

衛剛手一抬，打斷了劉嘯的話，道：「你的意思我知道了，放心吧，回去我就提醒那幾個反病毒的機構。」

「那我就放心了！」劉嘯笑笑，「有衛前輩出面，這次wufeifan估計是要倒楣了。」

「那……」衛剛還想再拉攏劉嘯幾句，但一想來日方長，也不急這一時，遂道：「常聯繫！」說完，衛剛上了車，擺手離去。

牛蓬恩見熊老闆把劉嘯叫出去這麼長時間，也不知道究竟是因為啥事，心裏就亂七八糟地瞎猜，一天也沒個精神，就待在公司等消息，時不時就到門口去看看。

剛往門口一站，就看見熊老闆的車子已經停在了樓下，然後就聽見劉嘯和熊老闆說笑著走了上來，牛蓬恩趕緊迎了出去：「熊哥，你可回來了。」

熊老闆呵呵笑著，道：「大牛，說實話，我平時看你，覺得你小子除了圓滑世故、溜鬚拍馬外，就沒啥能耐了。可我現在再看你，愈看愈順眼，你小子太有能耐了，真人不露相、外愚內秀，你小子就是那識人的伯樂啊！」

熊老闆過來在牛蓬恩的肩膀上拍了拍了，「好，好！」完了轉身進了牛蓬恩的公司。

第十一章 反恐演習

佈告欄上被人貼了一張超大的海報，海報頭的「懸賞」兩字，很是顯眼。

「又是懸賞？」劉嘯有些意外，這個星期他已經是第四次在這裏看到懸賞海報了。

劉嘯往最下面的聯繫人那裏一看，不禁笑了起來。

牛蓬恩這下傻了，這到底是在誇自己呢，還是罵自己呢，他半天沒理出個頭緒來，趕緊拽住劉嘯，「怎麼回事？熊老闆這是？」

「沒事，熊先生這是高興，誇你呢！」劉嘯也是呵呵笑著。

牛蓬恩也不知道劉嘯這話是真是假，帶著滿肚子狐疑跟進了公司。

熊老闆站在牛蓬恩的公司裏，上下左右地打量了半天，皺著眉，「大牛，我看你這公司也太寒酸了點！」

「我也就是弄個小店，在您眼裏，自然是寒酸了點。」

「這樣吧！」熊老闆收回目光，「市中心的天晶大廈，我還有幾處閒置的房產，你就搬到那裏去吧，別人找起來方便。」

牛蓬恩大驚，道：「那不行，我聽說進天晶大廈的企業，都是各行業的龍頭企業，我這破門小店的，可不敢去。」

「讓你去你就去，囉嗦什麼！」熊老闆瞪了牛蓬恩一眼，「回頭我給那裏的物業打個電話，你就搬，事情就這麼定了。對了，明天晚上我要在『錦繡年華』設宴答謝劉嘯和幾位專家，你也過來吧！」

「這……」牛蓬恩又想推辭。

「市裡的幾位領導都要來，我給你引見一下！」

「那我來，一定來！」牛蓬恩忙不迭地點頭，心下狂喜，巴結了熊老闆這麼久，他總算是承認了自己，只要熊老闆肯把自己拉進他的圈子，那自己以後想不發財都難啊。

「那就這樣吧，我有事先走了！」熊老闆轉身，又看見了劉嘯那身工作服，道：「劉嘯，明天記得弄身好行頭。」

「沒問題，包在我身上！」牛蓬恩就拍了胸脯。

熊老闆笑笑，道：「你小子也不知道哪輩子修來的福氣，竟然找來這麼好的一位員工。」說完，熊老闆笑著出了公司，牛蓬恩一直送到了樓下。

回來後，牛老闆就把劉嘯叫進辦公室，把事情的來龍去脈打聽了一遍，完了也不問劉嘯恢復的是什麼資料，就一溜小跑出了公司。

半個小時後，牛老闆又一溜小跑地進了公司，「來來來，大家來領新名片。」

眾人納悶，這前幾天發的名片還沒用完呢，今兒怎麼又發名片啊，圍過去一看，全都樂了，新名片上，大家的職務全都提升了一級。牛蓬恩直接把自己從總經理提升成了總裁，就是他的老婆馬姐，以前叫會計，現在也改叫財務總監了。劉嘯則是技術總監，其他人都是技術經理。

劉嘯苦笑，「總共也才七八個人，現在都是經理了，自己這總監也不知道要監誰？」

眾人聽了大笑不已。

牛蓬恩可管不了這些，道：「進了天晶大廈，那咱們公司的地位可就非同一般了，以後大家要端出點大公司的架勢來。」

一邊說著，一邊就把名片發了下去。

「牛總，這上面的聯繫地址怎麼是空的呢？」眾人拿到手，發現了問題。

「空就空著，這個大家先拿出去隨便用，等過幾天搬到天晶大廈後，我再給大家換新的。」

「那不浪費了嘛！」馬姐很不滿意。

「咱們現在是大公司，大公司還怕浪費嗎？」牛蓬恩頂了一句。

劉嘯搖頭笑著，領了自己的名片，發現名片的做工果然考究了很多，比之前的要高了好幾個檔次，再一看，發現公司的業務範圍也變了，排在最前面的不再是那個代理的安全產品了，而是換成了「資料恢復」，之前那些「做系統、刻備份」的閒雜業務也從名片上消失了。劉嘯咂舌不已，這牛老闆的速度可真是火箭速度啊。

「想當年，老子的隊伍剛開張，總共才小貓兩三隻……」

牛蓬恩發完名片，心情大爽，哼著曲兒往辦公室裏踱去。

剛進去，又閃了出來，喊道：「劉嘯，晚上家裏吃飯，讓你嫂子給你做幾道拿手菜。」

第二天，牛蓬恩放了全公司一個大假，他和馬姐領著劉嘯把海城的大商城跑了一遍，給劉嘯置了一身行頭，然後直奔「錦繡年華」而去。

熊老闆的這個宴席，讓劉嘯見識到了海城上層階級的富華，這種富華絕非封明市那種小地方能比的，同時也讓劉嘯知道了自己之前修復的到底是什麼資料。

海城證券交易所的伺服器在例行檢查中發現了未知病毒，病毒在伺服器上打開了後門，證券交易所感覺事態嚴重，遂向病毒專家衛剛發出求救。衛剛一番檢查，發現病毒的後門還沒有被啟動過，遂採取了直接殺毒的措施，結果卻損壞了伺服器上的證券交易資料。

殺毒當日，海城證券交易所日交易金額高達六千五百多億，一旦資料無法修復，這些資金的投資者將面臨重大的損失，海城證券交易所也將面臨滅頂之災。剛好週六周日休市，這才給了海城一個喘息的機會，他們急召國內國外權威專家，務必要在週一開市前恢復資料。

劉嘯簡直是救海城於水火之中，自然也就成了宴會上的焦點，證券交易所直接給劉嘯發了一個聘書，聘他擔任交易所的安全顧問。

劉嘯心裏慚愧不已，這些人要是知道那病毒的製造自己也曾出過力，不知道他們會有什麼想法。

宴會後沒幾天，牛蓬恩的公司就搬進了天晶大廈，公司大肆招人，業務也繁忙了起來，主要是資料恢復業務。

衛剛回去後發出病毒預警，隨即便有多家企業事業單位發現保存該單位機密資料的電腦感染了病毒。那衛剛只預警，卻不發佈解決方案，人家找來，他便把人統統介紹到了ＮＬＢ，牛老闆的公司可謂是一夜成名，全國各地發過來的邀請函跟雪片似的。劉嘯和公司以前的那幾個骨幹帶著工具，天天在全國各地來回飛，也都忙不過來。

其實劉嘯很不願意這樣，當日在白色院子的時候，他就想把自己的刪除工具給衛剛，但又怕衛剛誤會，畢竟衛剛是這方面的權威，劉嘯要是真給了他，說不定他非但不領情，反而會認為劉嘯這是在戲弄自己，蔑視權威。自己陰差陽錯給病毒設計了傳播功能，卻意外促使病毒肆虐，最可笑的是，自己現在竟然要在病毒上發財，這讓劉嘯無法接受。

wufeifan設計這個病毒就是為了賺錢，而自己現在做的，在本質上和wufeifan並沒有什麼兩樣，wufeifan是有意，而自己是無心，在道德和利益面前，自己和wufeifan只有一線之隔。

公司的人出去跑一趟，回來都能收著大筆的酬勞和不菲的禮物，而劉嘯每次出去，卻只能收到一點點的辛苦費，這讓公司的人很不解，也讓牛蓬恩很不爽，但他又不敢得罪劉嘯這棵搖錢樹。幾次之後，除了那些個不容有閃失的企業外，牛蓬恩便不再派劉嘯出去了。

劉嘯又跑了一趟外地，剛回到公司，接待小姐就站起來道：「劉總監，今天有個人找了你三次。」

「什麼人？」劉嘯問著。

「說是你的熟人，但沒說姓名，只說她還會再來找你。」

「行，我知道了！」劉嘯點了頭，然後往裏面走去。

「劉嘯，劉嘯！」牛蓬恩從自己的辦公室裏走出來，「一會兒你到熊老闆那裏去一趟，他找你有事！」

劉嘯皺眉，自己這才出去一天，怎麼就這麼多事啊，道：「好，我知道了！」

「你這就去吧，反正公司裏也沒事！」牛蓬恩怕劉嘯忘記了，催促著。

「我喝口水就去！」劉嘯說著進了自己的辦公室，心裏很不爽，覺得牛蓬恩巴結熊老闆有些太積極了，你要巴結自己去便是，催我幹什麼，我又不欠熊老闆什麼。

喝完了水，劉嘯便往樓下走去，剛到樓下大廳，就聽背後有人喊自己，聲音有點熟，劉嘯回頭去看，發現是劉晨，一身警服，英姿颯爽地站在那裏，正衝自己笑。

劉嘯樂了，「怎麼是你啊，你什麼時候到海城的？」

劉晨走近，拉下臉，「你這人怎麼回事，離開封明都不告訴我一聲，是不是不拿我當朋友！」

劉嘯大汗，原來是興師問罪來的，趕緊解釋：「我當時走得急，沒來得及！」

「撒謊！」劉晨杏眼一瞪，「那你到了海城，為什麼連手機號碼都換了，也沒通知我。」

「這……」劉嘯這次是真出汗了，這確實有點說不過去了。

劉晨看劉嘯那裏憋了半天，哼哼唧唧沒說出個囫圇話，「噗哧」一笑，道：「算了算了，過去的事我就不追究了！以後要是再這樣，那我就……」

劉嘯鬆了口氣，趕緊道：「不會，不會，絕對不會。」

「這還差不多！」劉晨對劉嘯的態度很滿意，「我有件事要告訴你，我已經被調到了海城市網監大隊！」

「啊！」劉嘯驚訝地嘴巴裏都能塞進一個鴨蛋，半天沒回過神來。

「別愣了！」劉晨拿手在劉嘯的眼前晃了晃，「找個地方坐，我有事找你說。」

劉嘯只好又帶劉晨上樓，進了自己的辦公室，倒了杯水，道：「什麼事？」

「張氏的企業決策系統是OTE負責開發設計的？」劉晨問。

「是啊！」劉嘯點頭，「怎麼了，有問題？」

「OTE是你幫張氏聯繫的？」劉晨又問。

「是，我是張氏的網路事業部經理，除了我還能有誰。」劉嘯奇怪地看著劉晨，「有什麼事你就直說。」

劉晨站起來，走到劉嘯跟前，把他左三遍右三遍地打量了一番，打量得劉嘯心裏直發毛，這才說道：「原來你這麼厲害啊，我以前還真沒看出來。」

劉嘯把劉晨推開，「你……你好好說話行不行！我怎麼聽不明白啊，你大老遠跑海城來，不會就是來誇我的吧？」

「呸！」劉晨笑著，「我抽你還差不多，認識OTE的人竟然也不跟我說。」

「張氏要做企業決策系統，難道你也要做？」劉嘯反問，隨即道：「再說了，認識OTE又不是認識國家元首，我為什麼要告訴你？如果哪天我真認識了美國總統，我就把他介紹給你。呵呵。」

劉晨瞪大眼睛瞧著劉嘯，道：「難道你不知道？認識美國總統可比認識OTE容易多了？」

劉嘯笑道：「有那麼難嗎？」

「你是真不知道還是假不知道？」劉晨恨不得上去狠狠敲劉嘯幾個爆栗。

「我知道什麼呀知道。」劉嘯聳肩，「你跑來說了一通莫名其妙的話，我怎麼知道是怎麼回事？」

「那我問你！你是怎麼聯繫到OTE的？」

「朋友介紹的！」劉嘯此時突然回過神來，看著劉晨，「你知道OTE的來歷？」

「我還要問你呢！」劉晨有一種想掐死劉嘯的衝動，「你不會是跟我裝的吧！」

「我裝什麼裝！我是真不知道OTE的來歷！」

劉晨盯著劉嘯的眼睛看了半天，怎麼看都覺得劉嘯不是在說謊，可這解釋不通，他不知道OTE的來歷，又怎麼能請得動OTE呢？

「你快說啊！」劉嘯有點著急了，「那OTE到底是什麼來歷？」

劉晨確定劉嘯沒說謊，嘆了口氣，坐到椅子上：

「我也是聽我師父說的，OTE是一群瘋子和天才的集合，那裏有世界上各個行業的天才，但他們卻只涉及軟體領域，他們是在用全球的科技結晶來造軟體，他們設計的軟體世界上獨一無二。」

劉嘯咂舌，「不會吧，我也見識過他們的手段，厲害倒是厲害，但似乎還沒厲害到這種地步吧？」

劉晨很不滿地白了他一眼，繼續道：

「我給你說個他們的案例，知道奧運會吧，這是最能聚集全世界目光的盛事，如果正在向全球現場直播一場比賽，突然信號中斷，然後切換到有些人特意指定的信號上，你認為會有什麼後果？」

劉嘯不語，這後果倒是很嚴重。

「自從奧運會向全球直播以來，這樣的事情每屆都有發生，但自前兩屆開始，OTE介入後，這種事情便再也沒有發生過。OTE的口氣很大，他們稱自己只接全球性以及星球外的軟體設計業務，事實上，也只有他們配說這種類似於吹牛的話，因為他們設計的軟體從沒出過錯。」劉晨看著劉嘯，緩聲道：「我想知道，你的那個朋友是誰？為什麼OTE會接張氏這麼小的業務？」

劉嘯趕緊搖頭，「無可奉告，無可奉告！」心想：別說我真不知道踏雪無痕的來歷，就是知道也不能說啊，沒有駭客願意把自己曝光的，己所不欲，勿施於人。

「怎麼？」劉晨瞥著劉嘯，「不願意告訴我？」

「這……」劉嘯支吾半天，「我是真不知道他的來歷，再說了，駭客圈裏有自己的規則，我就是知道，也不能告訴你。」

劉晨瞪了劉嘯半天，沒辦法，這話還是當時她說給劉嘯的，沒想到劉嘯現在用這個潛規則來回敬自己，不過她打死也不信劉嘯的話，連對方來歷都不知道，那對方又怎麼會為了一個泛泛之交就把OTE搬出來？不可能，絕不可能，劉晨不說話，琢磨著要怎麼讓劉嘯說實話。

「你來就是問這事的？」劉嘯問著，「呵呵，如果是這事，我可真幫不忙。」

「不，我只是隨口問問！」劉晨一臉惋惜，「我覺得你真不值，你為了張氏，把世界上最好的軟體設計企業都拉來了，而張氏卻把你攆了出來，我有點氣不過……」

「是我自己辭職的！」劉嘯可不上這當，我就是對張氏再不滿，也不會把踏雪無痕給露出來，離間計沒用。

「那我就沒什麼可說的了！」劉晨嘆了口氣，聳聳肩：「說正事吧！我來有兩件事要告訴你：一，你上次提供資料抓住的那個內鬼，和吳越霸王的潛逃無關，他不知道我們要抓吳越霸王的事。」

劉晨不說，劉嘯都差點忘了這事，現在這麼一提，劉嘯倒覺得奇了，誰都沒有洩密，難道這吳越霸王還能未卜先知不成，知道警察要來，撒腿就跑？

「還有呢？」劉嘯看劉晨說了一半卡住了，就問道：「你怎麼不說了？」

「這第二件事，我正琢磨要怎麼說呢！」劉晨咬了咬嘴唇，「是這樣的，我這次被調到海城來，是因為海城不久要舉行一個網路反恐的演習，所以從全國抽調了大量的技術骨幹。」

劉嘯「哦」了一聲，心想：這跟我也沒什麼關係啊，他以為是劉晨抓住了內鬼有功，這才調到了海城來，沒想到是這個原因。

「為了提高演習的品質，我們邀請了國內的很多駭客高手參與，我看你技術不錯，想讓你也參與進來。」

「我？」劉嘯笑了起來，「我不行，我看看熱鬧還行，讓我參與，絕對不行。」劉嘯趕緊給推辭了。

「你別急著推辭，反正這事目前還在準備當中，我覺得你應該參與，到時候可以和許多高手過招，機會難得！」

劉晨笑咪咪看著劉嘯，她這話算是切中了要害，直接邀請，劉嘯肯定會推辭，但如果說是和高手去過招，劉嘯多半會心動。

「我不去！」劉嘯繼續推辭，「公司的事多，我預祝你們演習成功就可以了！」

劉晨也不多說，站了起來，「那好吧，該說的事我都說完了，你考慮考慮，我先走了！」

「我送你！」劉嘯趕緊去拉開門，「以後常聯繫！」

劉晨笑呵呵地說道：「前提是你不換手機號碼！」

「不會不會！」劉嘯連連表示，將劉晨送出了天晶大廈。

想起熊老闆也找自己有事要說，劉嘯皺皺眉，拿出電話撥了過去，熊老闆很客氣，只是說要請劉嘯到家裏吃飯，讓劉嘯晚上過去一趟，但沒說是什麼事情，劉嘯只好應了下來。

再回到公司，牛蓬恩正杵在門口呢，看見劉嘯，趕緊拽住，「來，到我辦公室，有事跟你說。」

「啥事？」劉嘯被牛老闆這神神秘秘的樣子給弄糊塗了。

「還是你英明啊！」牛老闆把劉嘯按到椅子裏，「你怎麼不提醒提醒我呢！」

「什麼啊？」劉嘯聽得一愣一愣的。

「還跟我揣著呢！」牛蓬恩拍拍劉嘯的肩膀，「這幾天公司資料恢復的業務這麼好，我知道這都是你的功勞，剛開始我對你不收費用還挺有意見，現在我明白了，我們根本就不應該賺這錢。」

「呃？」劉嘯看外星人似的看著牛蓬恩，這傢伙腦袋不會讓牛踢了吧，還是神經短路了。

「我剛剛得到消息，那個衛剛已經找到了徹底清除病毒的方法，他製作了殺毒工具，在網上免費提供下載，還把殺毒的方法低價賣給各大殺毒軟體公司使用，可謂是賺足了喝采，也沒少撈到錢。」

牛蓬恩坐到自己的椅子裏，感慨道：

「不愧是國內反病毒界的NO.1啊，境界就是高，你說我當時怎麼就沒想到這招呢。你的水準比衛剛要高，如果我們搶先這麼一做，那你的招牌就算是豎起來了，你的招牌打出去了，那咱們公司的招牌也就打出去了。」

牛蓬恩坐在椅子上，不住地後悔，「你說我怎就沒想到這點呢！好端端一個擴大公司知名度的機會，讓我給錯過了。」

劉嘯有點想笑，牛蓬恩這大財迷，有錢賺的時候，他肯定是不會想到要這麼做，現在衛剛的工具一出，公司資料恢復的業務就沒了，他這才想起了不能撈快錢，早就晚了。

「沒什麼事我先走了！」劉嘯可沒功夫聽牛老闆念經，「熊老闆讓我過去吃飯，八成是有事！」

「那趕緊去吧！」牛蓬恩擺手示意劉嘯可以走了。

劉嘯剛一站起，他又急忙問道：「吃飯沒說讓我也去吧？」

「沒！」劉嘯一樂，這牛蓬恩，吃順口飯他還吃上癮了。

熊老闆的家宴豐盛，但沒有什麼出奇的地方，也就是他太太做的一頓家常便飯。等吃完了飯，熊老闆才步入正題，把劉嘯叫到書房開始說事。

「在牛蓬恩的公司幹得怎麼樣？」熊老闆品了口茶，「大牛就是個財迷，除了錢，他什麼都不懂，我看你在那裏幹有點委屈啊！」

「談不上委屈不委屈！」劉嘯笑了笑，「我也是剛畢業的學生，和公司一樣，都是剛起步。」

熊老闆拉開抽屜，取出一張卡，放在劉嘯面前，「這是你上次恢復資料的酬勞，他們給送到我這裏來了，現在轉交給你。」

「酬勞不是都付過了嗎？」劉嘯有點頭疼，拿這錢他心裏總是不得勁。

「上次那是給公司的，這是給你個人的，收著吧，你不收，我也不能給人退回去了。」

劉嘯鬱悶，只好收下，他有一種和wufeifan坐地分贓的感覺，最近他費盡心思追查wufeifan的蹤跡，可是一點線索都沒有，無處著手，中午劉晨在的時辰，自己要是問一下就好了，警方說不定有這個人的資料。

熊老闆看著劉嘯，「另外呢，我有點事想請你幫忙！」

「熊先生有事吩咐就是了，用不著這麼客氣！」

「一件公事，一件私事，我……我先說私事吧！」熊老闆說到這裏，先是皺眉，然後才道：「就上次我電腦那事，我兒子到現在都還和我在鬧，倒不是因為他被我們堵著了，而是那小子不服，說什麼他設計的計畫是天衣無縫的，絕不會被人發現，說我們夫妻倆是在撒謊，到現在不和我們說話。」

「那你是要我……」劉嘯大概猜出了熊老闆的意思。

「你技術好，又是你發現那小子搗鬼的，我想讓你去和他談談，總這麼鬧下去不是辦法！」熊老闆一臉愁色，看來他真拿自己兒子沒辦法了。

劉嘯呵呵笑著，「好，我找他談談。」

「那就拜託你費心了。」熊老闆舒了口氣，「公事呢，我今天從市府出來，聽說海城正準備要搞一個網路反恐的演習，不知道你有沒有興趣參與？」

劉嘯一時反應不過來，這消息自己一天之內竟然聽到了兩回，按說這事目前正在籌備，應該低調才對，怎麼鬧了個人人皆知呢。

「怎麼？你沒有興趣？」熊老闆見劉嘯沒反應，就問。

「這……」劉嘯咳了兩聲，「我水準不夠，就不去丟人獻醜了。」

熊老闆擺擺手，「不對，我看你的水準就夠了。換句話說，就是你水準不夠，那才更應該去參與一下，通過參與來提高自己的水準嘛，閉門造車才不會有進步。我看這次機會難得，我認識負責這次演習的人，我去說說，讓你也參與進去。」

「不了不了！」劉嘯趕緊推辭，熊老闆倒真是出自一片好意，是為了劉嘯著想，可劉嘯真不想摻和這事。

「不急，你想參與的話，隨時來找我！」熊老闆又拿起了茶杯。

這態度和中午的劉晨一模一樣，劉嘯奇怪地看著熊老闆，心裏揣測不已，難道這兩人事先通過氣不成？

只要熊老闆不提，劉嘯是絕不會提起那演習的事，兩人談了一會兒熊老闆兒子的問題，看看時間不早了，劉嘯就告辭回家去了。

牛蓬恩是最早一個到公司的，資料恢復業務做不成了，公司的知名度也沒打出去，他現在愁得不行，琢磨著是不是要重操舊業，把那個代理的安全產品繼續做下去，這事他準備和劉嘯商量一下。

「以前代理的那款產品我看過了，不行，採用的技術都落伍了，而且反應速度慢，篩選規則太粗糙，做那個產品我們遲早得破產。」劉嘯很不支持牛蓬恩的想法。

「那你有什麼想法？」牛蓬恩有些喪氣，「說說。」

劉嘯想了想，「這樣吧，我聽說三羊市現在正在舉行軟體交易會，不行我們去轉轉，看有沒有什麼好的產品或者項目。」

「好，就這麼辦！」牛蓬恩來了精神，站起來就道：「那我們現在就走，反正也不遠，我們開車去。」

三羊市的軟體會是很有影響力的一個交易展覽會，已經成功舉辦了好幾屆，成交量非常大，近幾屆，微軟、IBM、惠普、因特爾這樣的IT巨頭都有參展。

牛蓬恩和劉嘯走進會展的時間，是剛剛下午的時候，會展已經開了兩天，今天是最後一個下午，所以會場的人也沒有那麼多了，兩人在會場裏走馬觀花地看著，碰到有興趣的，就駐足詢問。

「我說，咱們這總得有個目標吧，至少得有個方向。」牛蓬恩氣喘吁吁，這一通轉，還沒轉到會展的三分之一，「這麼瞎轉也不是個辦法。」

「我們先選國外產品吧！」劉嘯想了想，「國內的軟體企業多半都是中小企業，技術含量不高，剩下那幾家大企業，產品範圍又過於狹窄，不適合咱們。而且還有個最大的問題，國內的產品容易被破解組織盯上，你能見到的那些東西，基本都有破解，我們代理了也很難賣出去。」

「這倒也是！」牛蓬恩聽得有些頭疼，「那咱們再找找看。」

第十三章　一四〇部隊

劉嘯「刷」地從椅子上跳了起來，混駭客圈的人，誰能不知道一四〇部隊啊。美國花重金組建的資訊化攻擊部隊，成員全是駭客天才中的天才，不光技術高超，他們的最低智商都在一四〇以上，所以人稱「一四〇部隊」。

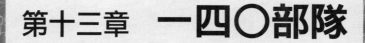

轉到盡頭拐角處，處了劉嘯二人，就沒有別的人了，幾個外國企業展區裏的工作人員都昏昏欲睡，看見兩人，只當沒看見。

只有最角落裏的那個展區裏，一男一女兩個老外端坐在那裏，看見劉嘯目光掃來，回報了一個微笑。

劉嘯往展區上看了看，好像是一款安全產品，就衝展區走了過來。

「你好！」兩老外站起來，把劉嘯二人迎到展區裏，「請問你們要瞭解什麼產品？」

牛蓬恩聽不懂外語，目光就轉到了劉嘯身上，劉嘯臉帶微笑，跟老外聊了起來，「我想瞭解一下你們安全產品的內容，能介紹一下嗎？」

老外點頭，拿起資料，遞給劉嘯和牛蓬恩一人一份，然後嘰哩哇啦開始介紹了起來，牛蓬恩也聽不懂，看見劉嘯點頭，他就點頭，看見劉嘯皺眉沉思，他也裝模作樣。

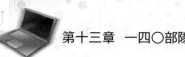

等老外不說話了，牛蓬恩才問劉嘯：「他說什麼呢？」

「說了他們產品的一些特點，還說他們產品銷售的不錯，前段時間有國內的一個大客戶從網上一下就訂購了他們幾百套的產品，所以他們覺得在國內有他們產品的市場，這次過來，是想在國內找一家有技術實力的代理商，建立一個銷售、安裝和售後服務的點。」

牛蓬恩擰著眉，「你怎麼看，他們這產品有前途沒？」

「說不準，聽介紹是不錯。」劉嘯頓了頓，「他們答應提供一個樣品給我們，我們回去試一試，如果效果不錯，那我們再考慮下面的事情。」

「好，就照你說的辦！」牛蓬恩不再說話，趴在桌子上，「一本正經」地看著那些外文資料。

劉嘯把牛蓬恩公司的情況簡單介紹了一下，然後交換了名片，帶著對方給的樣品離開，繼續去會展裏面轉悠。

「劉嘯，劉嘯！」正轉著呢，劉嘯聽見有人喊自己的名字，便四下裏尋找著，沒等找到人，就被人拍著了肩膀，「劉嘯，果然是你啊。我老遠就瞅著像你！」

劉嘯一回頭，有點意外，「藍大哥，怎麼是你？」

藍勝華激動得拍著劉嘯肩膀，「公司在那邊有個展位，想把產品弄到國外去。你怎麼會在這裏？我聽說你離開張氏了，老大當時還讓我聯繫你，希望你到公司來，可一直都聯繫不到你。」

劉嘯趕緊掏出名片，「我現在在ＮＬＢ做，這是我的名片。哦，對了！」劉嘯趕緊把牛蓬恩推到前面，「這是我們ＮＬＢ的牛總裁。」

「幸會幸會！」藍勝華嘴上客氣，臉上卻一臉納悶，真沒聽說ＮＬＢ這名號，「鄙人藍勝華，軟盟科技的技術總監。」

牛蓬恩當然聽說過軟盟科技的名字，聽藍勝華這的意思，軟盟似乎是想拉劉嘯過去，牛蓬恩這一緊張，自己的名片半天都沒從兜裏拽出來，他是絕對不會放劉嘯走的，公司現在就這一個拿得出手的人物。

藍勝華想問問劉嘯為什麼會去了ＮＬＢ，但牛蓬恩在跟前，他也沒法開口，和劉嘯寒暄了兩句，就道：

「展區那邊還有點事，我先忙去了，回頭我再和你聯繫。」

牛蓬恩「押」著劉嘯把展會轉完，大包小袋地帶著收到的資料，又往海城趕。

由於來得晚了，劉嘯在展會上也沒有細看，能引起他興趣的總共才三個產品，他都拿了樣品，等測試完性能，他才能告訴牛蓬恩應該和哪家合作。公司裏也沒有測試的環境，劉嘯直接把樣品拿回了家。

打開電腦，劉嘯發現有踏雪無痕的留言，他對劉嘯還挺關心，「好久不見你小子露面，聽說你離開張氏了，出什麼事了？」

劉嘯覺得有點對不住踏雪無痕，自己的事人家那麼上心，自己離開張氏卻沒給他打個招呼，劉嘯嘆口氣，回覆道：

「出了點小事，我現在到了海城！」

等了一會兒，看沒有回覆，劉嘯便把要測試的樣品拿了出來，剛拆開包裝，踏雪無痕的消息來了：「海城？是不是因為海城要舉行網路反恐的事情？你去湊熱鬧了？」

踏雪無痕這一點像吳越霸王，不管什麼時候，只要給他發消息，他都能知道。

劉嘯立時傻了眼，半天回不過神來，這已經是第三次了，怎麼一件秘而不宣的事情鬧得連踏雪無痕都知道了。

劉嘯回道：「不是這事，我不準備去湊那熱鬧！」

「哦？那你不跟著OTE好好學，跑海城幹什麼去了？」踏雪無痕有些搞不懂了，「這次湊熱鬧的人很多，根據我的消息，不光是國內，國外也有很多人蠢蠢欲動了。」

「不是吧？」劉嘯大驚，「怎麼這麼多人知道這事！」

「世上沒有不透風的牆！我看這次海城得出大麻煩了！」

「師父這麼說，是不是得到什麼消息了？」劉嘯趕緊問道。

「本來搞網路反恐也沒什麼大不了的，但海城這次有點托大了，他們調集了全國的技術精英，自認海城的網路已經是鐵板一塊，毫無破綻，所以決定進行實戰演習，屆時駭客攻擊的目標不是事先預設的，而是真實的海城各種公共、政務系統，這才引起了大家的興趣。」

劉嘯的下巴快掉到了地上，這次的演習策劃是誰搞的？腦子進水了吧，這麼冒險的事都敢做，也太不把這些駭客高手當回事了。不過這些人還真是厲害，演習還在準備，他們就知道是實戰演習，真是神通廣大啊，劉嘯真有點擔心，替劉晨他們捏了把汗。

「那師父知道有誰來湊這個熱鬧啊？」劉嘯問。

「說不準，感興趣的人太多了，說不定一四〇部隊都要插手，這麼好的實戰機會，誰能錯過？所以我以為你跑去海城湊這熱鬧去了呢。」

看到一四〇幾個字，劉嘯「刷」地從椅子上跳了起來，混駭客圈的人，誰能不知道一四〇部隊啊。美國花重金組建的資訊化攻擊部隊，成員全是駭客天才中的天才，不光技術高超，他們的最低智商都在一四〇以上，所以人稱「一四〇部隊」。如果屆時一四〇真要是渾水摸魚來搞一把，那海城還真是有大麻煩了。

「奶奶的，怎麼會這樣！」劉嘯站在那裏撓頭，事情有點棘手了，但越棘手，劉嘯反而越興奮，現在他倒起了參與演習的興趣，能和一四〇部隊裏的天才交手，機會難得。

劉嘯給踏雪無痕發去消息，「師父你能確定一四〇部隊會來攪合？」

「現在海城方面還沒有最終確定，如果真是實戰演習的話，那多半會來。但一四〇要來也會從正面來，沒什麼可怕的，根據我得到的消息，有一些駭客組織提前開始行動，而且已經得手了。」

「不會吧，國內那麼多精英也不是吃乾飯的，沒那麼輕易得手吧？」劉嘯有點不相信這個消息。

「我得到的消息就是這樣！明槍易躲、暗箭難防，這些駭客組織和一四〇的目的不一樣，他們就是想證明自己的能力，擴大知名度，所以什麼招都會用上。」

劉嘯有點納悶，踏雪無痕怎麼什麼消息都有，似乎就沒有他不知道的事，演習的事情他連內幕都知道，就是駭客組織私底下的行動他也知道，難道他還是千里眼順風耳不成？劉嘯覺得踏雪無痕這話有水分，對方即便要得手，那也要等到演習開始吧。

「我得忙去了！」踏雪無痕發來消息，「這次就不和你拼了，反正我現在已經追蹤到了你的新位置，閒下來我隨時會來收拾你的，哈哈。」

劉嘯也顧不上和踏雪無痕道別了，反正他從來都是說閃就閃的，道別也沒用。劉嘯仔細想著踏雪無痕剛才的話，他就是想知道演習還沒開始，要怎麼才能算是提前得手了呢？

劉嘯想了想，覺得只有一條，那就是潛伏，就好比是戰鬥還沒開始，而其中一方已經提前進入戰場埋伏好了。但現在海城的網路層層重兵把守，想從正面潛伏進來，幾乎是不可能的，這些駭客組織又是怎麼潛伏進來的呢？

劉嘯現在心裏被勾得直癢癢，越琢磨不出，他就越來勁，既然別人能潛伏進去，那自己呢？自己是不是也有這本事呢？劉嘯真是恨不得現在就去和對方比拼一把，可惜他不知道對方是誰。

「我也去試試？」劉嘯問著自己，心裏在做著一個決定。

第二天剛走進公司，牛蓬恩就追上來，「劉嘯，那些資料和樣品都看了沒？有沒有適合我們的產品？」

劉嘯「哦」了一聲，沒精打采，顯然是沒睡好，「還沒看呢，我一會出去把樣品先測試一下。」

「出去？」牛蓬恩趕緊問道：「去哪兒測試？」

「軟盟科技！」既然已經看到藍勝華了，劉嘯還想順便去解釋一下自己不去軟盟的原因，「我上來只是想請個假。」

「別的地方不能測試嗎？」牛蓬恩心裏開始打鼓。

「軟盟是專業做安全的，他們有國內最好的測試環境和設備，別的地方測出來的資料會有偏差。」劉嘯解釋道。

「哦……」牛蓬恩還是有些不放心，「那你去吧……快去快回啊！」

劉嘯應了，把資料往自己辦公室一放，然後拿著那幾件樣品去了軟盟。

軟盟門口的接待小姐上次吃了劉嘯的虧，自然是不會再把劉嘯認錯了，看劉嘯抱著大盒小盒進來，就道：「劉經理好！」

劉嘯笑道：「你又弄錯了，我不是劉經理！」

「呃……」接待小姐又傻了，這明明就是張氏的網路事業部經理啊，難道自己認錯人了？

「人還是我，只是我現在不是經理了！」劉嘯把盒子往臺上一放，騰出手去掏名片：「這是我的新名片。」

接待小姐接過去一看，吐了吐舌頭，這劉嘯換工作也太快了，眨眼又變成了ＮＬＢ的技術總監，於是笑道：

「那我現在得叫你劉總監了啊！不知道劉總監來有什麼事？」

「叫我劉嘯就行了！」劉嘯大汗，自己現在這總監可比以前的經理差遠了，他把盒子抱了起來，問道：「你們藍總監在吧？我找他有事。」

「在吧，我剛才看見他進去了！」

「行，那我進去了！」劉嘯抬腿就往裏走。

接待小姐追上道：「我帶你去會客室吧，現在公司高層好像正在開會，我去通知一下，藍總監開完會就過來了。」

「多謝多謝！」劉嘯跟在接待小姐後面，道：「要是我們公司的櫃臺接待有你一半的能力就好了，上次有人來找了我三次，她都不知道把對方的名字和聯繫方式登記一下。」

接待小姐聽了誇獎，笑得更甜了。

沒過半個小時，藍勝華進來了，進門就道：「你可是來了，我正想著給你打個電話呢。我說你怎麼去了ＮＬＢ啊？我專門打聽了一下，那就是一個小公司啊。」

劉嘯就知道藍勝華要這麼問，早就想好了託辭，「小公司有小公司的好，我想從最基礎做起，以前在張氏起點太高了，有點力不從心。」

「那你來軟盟啊，我們也可以讓你從基礎做起嘛！」藍勝華對劉嘯的這個說法不滿意。

「這事就不要提了！」劉嘯笑著，「我這次來找你，有事要請你幫忙。」

藍勝華還是想不通，「你呀你，你讓我說你什麼好，別人都往高處跑，你倒好，跑到一個又小又破的公司去了，你到底是怎麼想的。」呆了片刻，看劉嘯沒有鬆動的意思，藍勝華只好道：「說吧，什麼事！」

劉嘯趕緊把那幾個樣品往前一推，笑道：「昨天展場上我看中了幾個產品，想讓你給測試一下。」

藍勝華又逮住了理由，「你看看，連個自己的產品都沒有，這樣的公司能待嗎？」隨手把那幾個樣品一翻，藍勝華「咦」了一下，道：「這個樣品你從哪裡弄來的？」

劉嘯一看，這不就是從那兩個一絲不苟的老外那裏拿到的嘛，道：「就在展館裏啊，最最角落裏。」

「奇怪了，我在展館轉了三天，怎麼就沒看見！」藍勝華皺皺眉，「怎麼？你們準備代理這個產品？」

「有這個意思，這不來測試了嘛！」劉嘯有點奇怪，問道：「怎麼？你接觸過這個產品？是不是有什麼問題？」

藍勝華點點頭，「前段時間，我們收到一個委託，就是對這個產品進行測試。」

「結果呢？」劉嘯趕緊問道。

「我們軟盟測試過的安全產品大大小小有幾百件，這個東西的安全性可以擠進前三甲。」藍勝華眉頭鎖緊，「我們軟盟最近推出了一款類似的產品，可惜因為和這個傢伙撞車，在國外一直打不開市場，現在我們正準備把自己的產品回爐重新開發。」

劉嘯沒想到是這麼回事，如果自己現在代理了這款產品，那不就是打壓軟盟嘛，一時也不知道說什麼好。

劉嘯問道：「這產品是誰開發的？」

藍勝華指著樣品盒上的名字，「RE & KING，這個公司是兩個駭客組織的合寫，你肯定聽說過吧！」

劉嘯點頭，德國的RE和英國的KING，都是在世界上數得上名號的駭客組織，公司名劉嘯早都看見了，但沒想到會是這個意思。

「這公司有點像我們軟盟，他們也是集合了來各自國內的駭客高手組建而成的。這款產品他們確實做得很成功，除了能夠防禦現有的各種駭客攻擊手段外，還內置一個獨創的資料篩選模組，既能在局域網內充當網關防火牆，還能給大型的伺服器提供安全防護。」

藍勝華嘆了口氣，「這是他們的第一款產品，因此可以說是集合了兩個駭客團隊的集體心血而成，以後我們軟盟要想拓展國際市場，他們是最大的勁敵。」

劉嘯也不敢多問了，收起那款樣品，道：「那剩下這兩個產品就麻煩你給測試下。」

「這沒問題！」藍勝華把東西收下，「倒是你自己，好好想想吧，不要再在小公司裏混日子。」

「沒事，就當是休息了。」劉嘯舒展了一下腰，「等休息好了，我就會拼命幹了。」

「哎……」藍勝華嘆口氣，「真拿你沒辦法！」

正說著，劉嘯的手機響了，一看，是牛蓬恩，劉嘯想，不會是牛老闆怕自己讓軟盟給拐跑了吧，趕緊接了。

「喂，劉嘯，你現在在哪呢？」牛老闆的語氣還確實有點著急，「趕緊回來，有重要的事。」

「好，我剛辦完事，正要回去呢！」劉嘯掛了電話，對藍勝華道：「藍大哥，那我就先回去了，公司有點事，測試的事情就麻煩你多費心了。」

藍勝華把劉嘯送出了公司，臨了還在勸劉嘯趕緊到軟盟來。

回到公司，牛蓬恩已經等在那裏，看見劉嘯，就一把拉住，「你可回來了。」

「什麼事這麼急？」劉嘯問。

「熊老闆給咱們公司介紹了一個活，我也不知道咱們能不能做得了這個項目，就等你回來拍板了。」牛蓬恩拉著劉嘯，「走，到我辦公室細說。」

「怎麼回事？」劉嘯坐定後問道。

「市府有個部門要進行區域網改造，他們已經規劃好了，新的電腦和設備也都買好了，熊老闆讓我們去負責佈線安裝，還有電腦的一些安全設置。」牛蓬恩看著劉嘯，「你看這案子我們能接不？」

「接吧，反正這也沒什麼技術含量！」劉嘯有點汗，這種活，牛蓬恩竟然也要把自己找回來商量。

「唔，那就接了，熊老闆介紹的活也不能馬虎，如果這次做好了，那以後這樣的案子多得是。」

劉嘯心裏暗暗嘆氣，這樣的工作，就算接上一萬個也沒什麼用，技術含量太低了，如果牛蓬恩想讓公司以後就靠這個維持，那公司算是完了，沒什麼發展前途了。

牛蓬恩那邊已經樂滋滋地給熊老闆回話去了。

海城市府要進行網路大改造，各個部門的硬體都要升級，劉嘯估計這是為了網路反恐演習做準備。所有的改造方案都是由市府的安全專家來設計的，所有負責通信的伺服器，也是由專家來負責設置維護，包括改造所需要的設備，也都是專家指定的，但是缺少一個做苦力的單位來做佈線安裝的簡單工作，熊老闆就想到了牛蓬恩。熊老闆說了，這次的工作如果做得好，那其他好幾十個部門的活都讓牛蓬恩的公司來做。

市府那邊的工期還安排得挺緊，第二天，劉嘯和公司的其他幾個技術員，帶著工具就來到了熊老闆所說的那個部門，幾輛大卡車已經把所需要的各種設備和零件都運了過來，整齊地碼在一堆。

劉嘯當下開始分工，測距的先去行動，剩下的人開始拆設備的包裝箱，準備安裝，等距離測好後，還得分出人去做線佈線。

劉嘯一邊拆箱子，一邊心裏亂想，自己這真是越做越倒退，現在這活的技術含量還不如去給人重灌系統呢，不過一會兒裝好電腦後，還確實得裝系統，這讓劉嘯苦笑不已。

一幫人忙了一整天，總算是忙出了點成績，設備全部安裝到位，也全部連通了，劉嘯開始給每台電腦做著簡單的安全設置，看看也沒剩幾台了，他就讓公司的人收了工。

公司的那幾個人剛走，就又進來幾個人，看樣子大概就是那些專家了，他們要對通信伺服器和一些專業設備做最後的調試和配置。

劉嘯抬頭去看，竟然意外地看到了一個人，就是軟體會上自己看到的那個RE & KING的代表，雖然老外看起來好像都是一個樣子，但這傢伙那一絲不苟、古板認真的樣子，算是被劉嘯記住了。

「RE & KING的人怎麼會在這裏？」劉嘯有點納悶，起身朝那幾個人走了過去。

幾人手裏正拿著一張網路規劃圖在看，劉嘯瞥了一眼，這和熊老闆提供給自己的規劃圖差不多，上面有各種設備的安裝位置圖示，看了一會，大家找到了各自負責的設備的位置所在，便各自散開忙去了。

那老外走到一個預留的接待處，掏出一個盒子拆了起來。劉嘯一看，竟然就是RE & KING的那款產品。

「不會吧，難道海城準備採用這款產品做各部門區域網的網關防火牆？」劉嘯驚愕不已，雖然他從藍勝華那裏知道RE & KING的這款產品安全防護能力超強，但他沒想到海城市府會在演習中採用這個產品，畢竟以前政府部門很少採用境外的產品。

記得在軟體會的展館，這個老外曾說國內有人一口氣就訂了幾百套他們的產品，現在看來，訂貨的人應該就是海城市府了，普通的人不可能一下子就需要這麼多的產品。還有那個委託軟盟來測試這款產品的人，應該也是海城市府了。

劉嘯走上前去，打著招呼。

下。

「Miller先生，你好！」

老外回過頭，似乎是一下想不起在哪裡見過劉嘯。

「前天我們在軟體會上見過，我是ＮＬＢ的技術總監！」劉嘯提醒了一下。

老外終於想了起來，「你好，在這裏見到你真是很高興！」

「真是巧！」劉嘯指著所有的電腦，「我來負責安裝這裏的電腦，Miller先生這是？」

「我來為客戶安裝我們的產品！」老外指著自己手裏的盒子，「這個必須是由我們公司的技術人員來安裝，才能發揮出最大的作用。」

劉嘯「哦」了一聲，表示明白，道：「需要安裝很多個吧？」

老外笑了，「嗯，需要安裝上百個。」老外說完，想起了正事，「不知道你們公司決定了沒有，是否可以代理我們的產品？本來我們對貴方的技術水準還有點疑慮，現在看來，完全沒有問題。市政府的項目你們都能參與，那負責我們的產品應該不會存在任何問題。而且你也看到了，我們產品在你們這裏很有市場，我們的合作會是雙贏的。」

劉嘯笑了笑，不置可否，老外被弄迷糊了，撓撓頭，繼續忙自己的去了。其實劉嘯是想起了踏雪無痕的話，他說已經有駭客組織得手了，難道指的就是RE & KING？海城採用了RE & KING的設備，如果在演習中這產品出了問題，那真的是非常地棘手。

不過，這也有一點解釋不通，RE & KING在自己的產品上花了那麼大的心思，就是為了拓展自己在安全領域的業務，如果他們僅僅是為了擴大組織的知名度便在自己的產品上動手腳，那演習失敗，也就等於是RE & KING自己砸了自己的招牌，日後肯定沒有人敢買RE & KING的產品了。

劉嘯想了半天，也沒理清關係，回頭再看，那老外掏出自帶的筆記本，已經連通了設備，正在做著配置和調試。

劉嘯看了一會兒，覺得心裏亂糟糟的，就趕緊撤了，出門直奔軟盟而去，他得向藍勝華要一份RE & KING這款產品的測試報告來，不把事情弄清楚，劉嘯的心裏始終不舒服。

第十四章 防火牆

「用欺騙技巧就可以，也可以直接攻擊防火牆，讓它崩潰，還可以……」劉嘯一連舉了好幾種方法，他確信自己能突破防火牆，實在不行，他就用踏雪無痕那形如鬼魅的方法，絕對可以無聲無息地就穿過防火牆。

熊老闆果然是言而有信，市府其他部門設備安裝的活都交給了牛蓬恩，劉嘯每天帶著公司的人去安裝設備，一天下來得搞定幾百台電腦，累得要命。當然，他每天還能看到RE & KING的那個老外，老外時不時就會問劉嘯考慮得如何，劉嘯每次都是說公司正在研究。

軟盟的測試報告劉嘯早就看了，這款產品確實很厲害，各項防護指數都大大超過了同類產品，軟盟把他們所能掌握的各種攻擊手段都用上了，很難突破這個防火牆的防護。按說代理這款產品絕對是個好事，但劉嘯拍不了板，一是怕軟盟那邊有想法，二是他老想著踏雪無痕的話，怕這款產品上有什麼貓膩。

這一天，劉嘯做完自己的事，就站在老外的背後看他設置防火牆。這幾天，劉嘯也把這個產品研究了一遍，並沒有發現什麼可疑的地方，唯一可疑的地方，就是這防火牆具有固件自動升級的功能，只要接入網路，它會自動從RE & KING的伺服器上獲取版本資訊，及時更新自己的功能模組。劉嘯還用自己的測試工具測試了一遍，得出的資料基本和軟盟相符，看來國外駭客的實力也是不容小覷啊。

「Miller先生，我有個問題想問你。」劉嘯看那老外也忙得差不多了，

「你覺得給防火牆設計自動更新功能有用嗎？」

「當然有用！」老外放下手裏的活，「我們這款防火牆軟硬兼施，軟體的部分需要及時更新，現在的攻擊手段層出不窮，如果不能及時拿出應變措施，客戶就有可能遭受攻擊。另外，我們產品中內嵌的功能模組在以後可能還會被發現有漏洞和錯誤的地方，我們不可能派人去一一更換調試，自動更新可以解決很多不必要的麻煩。」

「不對吧！」劉嘯沉眉，「我看你今天設置的防火牆規則和昨天的就略有不同，一旦自動更新，這些設置就會變成默認設置，那你現在做的一切不就白費了？」

「呃……」老外有點傻眼，他們在設計硬體升級的時候還確實沒有想到這個問題，他現在是在根據不同的網路設置不同的規則，但稍微一更新，這些設置就會被恢復默認，難道自己又要去挨個再設置一遍？那不是和沒有自動更新是一樣的嘛。

老外頭上有些冒汗，「謝謝你的提醒，劉先生，這點我們確實疏忽了，我現在就和總部聯繫一下，看看怎麼解決這個問題。」

老外說完，趕緊收拾東西，匆匆忙忙離去。

劉嘯看著老外的背影撇了撇嘴，心道你現在去解決也已經晚了，就算你們在下個版本中能解決得了這個問題，但之前已經做過的那些工作卻不得不重新做一遍。

劉嘯走過去收拾自己的東西，招呼自己的人準備收工。

「王工，您請進！」門口幾個人簇擁著一個人走了進來，為首的一人給中間那人介紹著，「王工，所有設備的採購和安裝標準都是按照您的要求去做的，您驗收一下，如果有什麼問題，我們馬上找人再改！」

中間的王工大概四十來歲，微微頷首，道：「好，我隨便看看！」

王工四周看了看，發現劉嘯幾人正在收拾東西，便走了過來，問道：「請問你們是負責做什麼工作的？」

劉嘯走上前，「設備安裝，佈線連通，電腦基本安全設置。」

「辛苦你們了！」王工點頭，四處走了走，沒發現什麼問題，所有的網線都按照要求走了暗線，一是為了安全和美觀，二也是防止有人私自接線。

王工走到一台電腦前，隨手亂點，他想看一下這些電腦的安全設置如何，一邊看，他一邊漫不經心地問了幾個問題，都是關於施工標準和作業事項的。

問題很簡單，沒等劉嘯回答，公司的其他幾人就搶著回答了。那王工很滿意，走到劉嘯跟前，「嗯，很不錯，基本的安全設置很到位。」

陪同王工來的那幾人頓時喜形於色，趕緊過來，「王工，那我們再檢查檢查其他的吧。」

「好，我們再去看一下伺服器的防護措施！」

「請跟我來！」一人前面帶路，一眾人便離開了。

「我們收工！」劉嘯把包一背，準備離開，卻發現剛才王工待過的那台電腦前多了一個資料夾，看來是那個王工放在那兒忘拿了。

劉嘯過去拿起資料夾，翻開一看，標題是「海城市府網路改造安全方案」，看名字，這應該就是這次網路改造的細則了。劉嘯有點好奇，不知道政府的安全到家到底能設計出怎麼樣的安全方案，就隨手翻了幾頁。

劉嘯果然沒有猜錯，這確實是細則方案，裏面有這次改造的各種標準，包括設備的採用、許可權配置劃分、應急預案、保障措施、人員配備等等，凡是需要的，這裏面都有詳細的說明。

這東西劉嘯也做過，他給張氏設計的企業系統也包括安全方案這部分，不過是大小有所不同，自己是給一個企業做安全規劃，而這份方案是給整個城市做安全規劃，包括政府政務系統、公共系統、能源供給系統等等，兩者不是一個層次，沒有任何可比性。

「怎麼？你能看懂？」劉嘯正看得起勁，不知什麼時候，那王工就折返了回來，大概是發現自己把資料夾丟了，回過頭來找。

劉嘯把文件一合，搖搖頭，「一點也看不懂！剛才收拾東西要收工，發現這裏有個資料夾，就隨便翻了翻。」

王工接過文件夾，拍拍劉嘯的肩膀，笑道：「別喪氣嘛，術業有專攻，要是說到佈線走線，我肯定做不出你們這樣漂亮的活。好了，我先忙去了，剩下幾個部門的活還得你們多費心。」

王工匆匆來，又匆匆去，劉嘯最後檢查了一遍，確認沒落下東西，就背起自己的包離開了。

回來的路上，劉嘯一直都在想著那份安全方案，反正剛才囫圇看下來，好像是一點問題都沒有，該考慮的人家都考慮了，應該是萬無一失的，但劉嘯總覺得哪裡有問題，細想之下又總是想不出來，就是一種模模糊糊的感覺。

渾渾噩噩地回到了家，劉嘯又把RE & KING的那款產品拿出來研究，這幾天，他在施工的現場也摸了好幾遍，其他的環節和設備都不存在問題，要是說出問題，也就只能是這產品了，但劉嘯也不能確定，只是個猜測罷了。

劉嘯打開工具，掛上讓它去自動測試那產品，然後人往床上一躺，眼睛盯著天花板，腦子開始胡思亂想，假如這防火牆沒任何問題，到時候演習開始，用的就是這防火牆，自己要怎麼突破，突破之後自己能幹什麼？

「突破應該是不成問題的！」劉嘯自言自語，「用欺騙技巧就可以，也可以直接攻擊防火牆，讓它崩潰，還可以……」

劉嘯一連舉了好幾種方法，他確信自己能突破防火牆，實在不行，他就用踏雪無痕那形如鬼魅的方法，絕對可以無聲無息地就穿過防火牆。

關鍵是突破之後能做什麼？劉嘯回想著下午看到的那安全方案，王工也確實有他的老辣之處，他將許可權全部集中到了一個決策回應中心，各個部門的決策必須通過自下而上的提交，最後到達回應中心，由回應中心審核通過後發出相關指令，各個部門的職能工具在接到指令後才能做出相應的變動。這也就是說，即便駭客突破了這層防火牆，攻陷了政府的某職能部門的網路，那也得不到什麼實在的許可權，就算他們偽裝這個部門向決策中心發出決策請求，那也很難通過審核關。

「不對！」劉嘯一骨碌從床上爬了起來，「還是有影響的。」

他記得方案中有說過，回應中心的系統有一個緊急回應機制，系統會根據收到的情況來判斷是否遭遇到了重大事件，一旦判斷得到確認，系統將自動啟動緊急防護措施，在不需要審核的情況下，緊急發出一系列的指令，維持城市的秩序，保障城市的安全。

「怎麼算是遭遇到了重大事件呢？」劉嘯想了想，水災？火災？這好像不是駭客造成的，「那還能是什麼呢？」

劉嘯坐床邊沉思了好久，他突然想到了一種可能，一種非常容易辦到，但又能讓這個回應中心做出錯誤判斷的方法。

其實這個緊急回應機制根本就是為了對付網路重大事件而制定的，那風災火災也不是一個電腦系統可以自主判斷得了的。

「我明白了！」

劉嘯從床上站了起來，踏雪無痕說的有駭客組織提前潛入，極有可能說的就是海城的安全回應機制有毛病，可以被駭客利用。海城的網路改造現在都還沒完成，駭客怎麼可能提前潛入？如果真能提前潛入，那就是這個系統本身就存在毛病，有弱點，等著讓駭客抓。

「一定是這樣！」劉嘯捏了捏拳頭，一定是這次的網路安全方案被某個駭客組織給竊取到了，他們從中找到了回應機制上的弱點。

劉嘯屋裏踱起了圈，「現在怎麼辦呢？總不能就這麼看著海城在演習的時候出醜吧！」

劉嘯沒想到海城的安全回應機制會有這麼大的一個漏洞，這簡直可以說，演習還沒開始，就可以宣判失敗了，不管怎麼說，劉嘯都不想看海城在演習中出笑話。

劉嘯想明白，就一把抓起自己的包，急匆匆地出門去了，他得想辦法把這個漏洞堵起來才行。

劉嘯是想去找那個王工，可等他趕到今天施工的那個部門，卻發現早已人去樓空，大門緊閉。劉嘯在門上敲了敲，沒人開門，倒把負責守衛工作的內衛給招來了。

看來王工他們確實已經離開了，劉嘯有點鬱悶，現在該怎麼辦呢，自己也不知道那王工的聯繫方式啊。想了想，劉嘯覺得只能去找劉晨或者熊老闆了，他們一個參與演習，一個認識演習的負責人，應該可以把自己的意思傳達上去。

劉嘯最後還是決定去找熊老闆，他不想去找劉晨，一是覺得劉晨管不了這攤子事，二是不想和網監的人走得太近。打定主意後，劉嘯就直奔熊老闆的家去了。

「劉嘯，是你啊！」熊老闆開門看見劉嘯，很高興，朝劉嘯眨眨眼，低聲道：「我孩子剛好在家，你幫我勸勸！」敢情他以為劉嘯是來幫他教育孩子來了。

劉嘯有點尷尬，「熊先生，這事先緩緩，我有更重要的事要和你商量！」

熊老闆有點意外，神情一滯，隨即道：「那到我書房細說！」

「這麼晚來找我，肯定是有急事吧？」熊老闆順手給劉嘯倒了杯水。

「是關於這次海城的網路演習。」劉嘯喘了口氣，「這幾天我一直在給各部門安裝設備，然後發現了其中的一些問題，我不知道該去找誰說，就來找你了。」

熊老闆「哦」了一聲，「你說！」

劉嘯清了清嗓子，「那我挑最重要的說吧，海城這次改造的網路，在應急回應機制上存在缺陷，如果這個缺陷被駭客掌握，駭客會借機製造出一連串虛假的突發事件，到時候，海城就會陷入一片混亂的狀態。」

「這……」熊老闆確實不懂駭客，「你給我說這些，我也聽不懂。這樣吧，我就問你一個問題，你說的這些事情都確實嗎？」

「確實！」劉嘯點了點頭，「我敢保證，問題確實存在，而且我絕對不是危言聳聽。」

熊老闆沉吟了片刻，道：「既然你這麼說，也找到了我這裏，那我自然要管。這樣吧，明天你跟我去一趟市府，我帶你去見見這次項目的負責人，你把這個問題反映上去。」

「好！」劉嘯應下了，「這麼晚了，那我就不多打擾了，明天早上，我在市府門口等你。」

「不急，不急！」熊老闆攔住劉嘯，「你的事說了，我的事還沒說呢，呵呵，我家那小子……」

「哦……」劉嘯知道了熊老闆的意思，在熊老闆的心裏，自己孩子的事肯定是要比海城演習的事情要重要多了。想了一會兒，劉嘯道：「這樣吧，等周日孩子休息的時候，你帶他去市天文館，我在那裏和他談。」

「天文館？」熊老闆有點不明白劉嘯的意思。

「沒錯，就是天文館，到時候你就明白了！」劉嘯也不多做解釋，當下就和熊老闆作別。

第二天，劉嘯早早地等在了市府門口，熊老闆比他稍微晚到了十來分鐘。

熊老闆下車，「劉嘯，等急了吧，走，跟我進去。」市府的門衛認識熊老闆，不加阻攔就讓兩人進去了。

兩人來到市府大樓十二層，就看見有個辦公室門口掛著牌子，「海城網路改造項目領導小組」。熊老闆也不敲門，直接推門進去，裏面有幾個人，各自坐在自己辦公室前。最裏面有個四十多歲的中年人，頭髮已經禿了一大半，剩下零星幾根，軟塌塌地覆蓋在腦袋頂上。

「老塗，一大早忙啥呢？」熊老闆開口問著，奔最裏面走去。

禿頭中年人抬起來，一臉驚喜，「熊老闆，這是什麼風把你給吹來了，來，快坐。」

「不坐了！」熊老闆擺擺手，「來，我給你介紹一下，這位是劉嘯，電腦天才，他找你有事說。」

「呵呵！」老塗笑著，道：「都坐，都坐，坐下再說。」

劉嘯看辦公室裏人來人往，鬧哄哄的，便道：「這裏有安靜點的地方嗎？好說話！」

老塗也沒說啥，站起來，「走，隔壁會議室沒人，我們那邊談。」說完笑呵呵地在前面領路。

「說吧，找我什麼事？」老塗看兩人都坐好了，這才問道。

「是這樣的！」劉嘯整理了下思路，「這次海城的網路改造方案存在缺陷，很容易被駭客利用。」

「缺陷？」老塗的眼睛就瞪大了，「什麼缺陷？你怎麼知道有缺陷。」

「市府所有部門的網路之上，有個決策回應中心，這個中心的處理系統有個緊急回應機制，當發現重大緊急事件時，這個回應機制便會自動啟動。」劉嘯看著老塗，「對不對？」

老塗點點頭，「是有這麼回事，你接著說。」

「這個回應機制本身的設定就有毛病，如果駭客隨便攻陷市府的一個部門，借此欺騙回應中心，讓回應中心以為發生了重大緊急事件，如果回應中心無人看守，或者十秒鐘內沒有作出反應，緊急回應機制隨即啟動，系統會根據駭客偽造的事件作出各種決策來保證城市不受此事件的影響。」劉嘯頓了頓，「你想想，這個事件本來就不存在，如果回應系統發出決策，那時城市不就陷入了自我混亂狀態了嗎？」

老塗面色不改，坐得筆直，也不知道他聽懂了沒有，只是咳了兩聲，問道：「那你的意思是？」

「重新修改緊急回應機制的方案！」劉嘯答道。

「重新修改？」老塗有點皺眉，「修改這個需要多少時間？」

「不確定！如果順利的話，半個月可以修改測試完成！」劉嘯大概估算了一下時間，在網路結構不變的前提下，只修改回應機制，從修改到測試，大概就得這麼長時間吧。

「半個月！」老塗跳了起來，「那不行，絕對不行！」

熊老闆趕緊問道：「怎麼了，老塗？」

「市裡給我下的任務，後天上午十點，全市各部門的網路和回應中心進行聯網測試，一個星期之內，所有沒完成網路改造的部門要全部竣工。」

老塗撓了撓沒剩幾根頭髮的腦袋，「半個月之後，測試完成，市裡屆時還會有新的大動作要進行。這是任務，老熊你明白不？必須按時完成！」

「如果系統真的存在缺陷，就算你能按時完成任務，將來出了毛病還是要修改重弄的，那時不是更麻煩嘛！」熊老闆把老塗按到椅子裏，「你再好好想想，是不是這個道理。」

「想什麼想！」老塗推開熊老闆，瞪眼看著劉嘯，「我問你，你是怎麼知道系統有缺陷的？是你自己的猜測，還是百分之百確定的？」

「這……」劉嘯不知道要怎麼解釋這個事情，自己的這個結論是根據王工的那份安全方案推測出來，但自己並沒有接觸到那個所謂的回應中心，所說的這一切都是推測。

劉嘯想了想，道：「這些是我在施工中根據實際情況發現的，是我的推測，但我有把握，就算不能百分之百地確定，也有八成的可能性。」

「施工？什麼施工？」老塗轉頭看著熊老闆，「熊老闆，這不會就是你介紹的那個什麼公司的吧？」

熊老闆點頭，「正是！」

「亂彈琴！」老塗拍著桌子跳了起來，「一個做線裝系統的，竟然敢大言不慚地跟我說市府的系統有毛病，我看你是人有毛病才對，竟然要我為了你的一個毫無根據的推測就把項目延期，真是可笑！你以為你是誰啊！」

老塗說完，直接拍屁股走人，臨了給劉嘯扔下一句話，「你，該幹啥幹啥去，這次我看在熊老闆的面子上，就不跟你計較了，有空去醫院檢查檢查，媽的，神經病！」

劉嘯差點沒氣昏，跳起來就要追出去，他還從沒受過這樣的窩囊氣。自己這是好心好意，如果海城在演習中被其他國家的駭客組織給戲弄了，那丟人的不是我劉嘯自己，而是海城，也是整個國家的網路安全界的恥辱，跟我劉嘯一絲一毫的關係都沒有，我特地跑來，又巴巴地講了半天，我不是為了自己，而是為了給你們提個醒，沒想到卻受了一肚子的鳥氣。劉嘯極度不爽，他一定要追出去和那個禿頭理論理論。

熊老闆趕緊拽住劉嘯，「劉嘯，你給我站住！」

「我不站住！」劉嘯火了，「沒見過這麼欺負人的，我一定要讓他給我個解釋！」

「我知道你是好心！」熊老闆擋在劉嘯身前，「老塗不聽就算了，我再去幫你找其他人，管事的人多了，我就不信所有人都這麼糊塗！」

「不用了！」劉嘯推開熊老闆，「我現在改變主意了，就算他們求我，我也不想說了。」

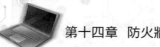

「你冷靜點行不行？」熊老闆追在劉嘯身後。

劉嘯出門，走到禿頭的辦公室門口，就站在門口，「匡匡」地砸了兩下門，等所有的人看過來，他才指著那禿頭，一字一句地道：「你等著，你會後悔的！」說完揚長而去。

只是苦了熊老闆，那禿頭發飆了，追出來要找劉嘯的麻煩，被熊老闆死死按在了門口。

接下來的兩天，劉嘯請了假，沒去上班，每天都躲在家裏頭，牛蓬恩怕是劉嘯要跳槽，不時打電話過去關心，劉嘯都說自己身體不舒服，在睡覺。

海城市網路指揮監控中心兼緊急回應中心。

市裡的幾位主要領導都到了，市長，還有那個姓塗的禿頭都在，大家集體坐在一個大會議室裏，會議室的牆上有面巨大的液晶螢幕。

王工此時走了進來，走到市長跟前，道：「趙市長，一切都準備好了！」

「那就開始吧！」趙市長微微頷首，下達了指令。

「好！」王工點頭，「那我去那邊指揮！」

王工一出門，牆壁上的那液晶螢幕便亮了起來，螢幕上有幾個亮點，旁邊小字顯示這幾個亮點就是回應中心的網路，目前工作正常。

沒過一分鐘的時間，螢幕上的亮點開始增多，旁邊的提示讓大家知道這是各個部門的網路，凡是和回應中心建立了連接的部門，就會在螢幕上顯示出一個亮點。

等亮點不再增加了，那王工又走了進來，滿面生風，喜道：

「報告市長，已經完成網路改造的部門，現在都已經成功地和回應中心建立了連接，而且全部工作正常。下一階段，我們將會進行實際性的功能測試。」

「好！太好了！辛苦你們了，祝賀你們吶！」趙市長站起來，率先鼓掌祝賀，其餘人也跟著站起來鼓掌。

「趙市長，你給大家講兩句吧！」站在趙市長背後的塗禿頭趕緊趁興提議。

趙市長頷首，「好，那我就隨便說兩句！」

趙市長往前面的液晶螢幕下一站，道：「首先，我要代表海城市府，感謝那些在這次網路改造中為之付出了汗水和心血的人！」

眾人又是一陣鼓掌。

「在座的諸位都應該可以切身地體驗到，如今網路已經和我們的生活息息相關、密不可分，往小了說，我們的生活、通信、娛樂等等，都離不開網路；往大了說，一個城市，一個國家，甚至是整個世界，我們的經濟、秩序都要依靠網路來支持和推動。所以，我們海城的這次網路改造是很有意義的，是符合時代要求的，是符合海城需要的，是……」

趙市長的一溜排比句還沒說完，就聽會議室的喇叭刺耳地叫了起來。

「怎麼回事？」趙市長皺著眉，很不爽地問著。

王工抬頭往螢幕上一看，發現有一個部門的網路標識變成了紅色，不停地在閃爍，王工皺了皺眉，道：

「公眾部門的網路出現了點故障，我想應該是我們的網路剛剛連通，回應中心在資訊的鑑別上出現了錯誤，問題不嚴重，磨合一段時間就好了。」

趙市長「哦」了一聲，把心放回了肚子，轉過身也朝頭上的螢幕看去。

這一看可不得了，螢幕上閃爍的紅點頓時增多，瞬間變成了十多個。

王工的臉色變了變，道：「我去那邊看看。」說完直奔門口而去。

第十五章 城市風暴

「我市於昨日上午進行了一場代號為『城市風暴』的網路反恐演習。演習中，作為攻擊方的駭客，攻陷了我市大量職能部門的網路，我市行政指揮系統陷入癱瘓狀態。駭客們進一步進攻，我市情況將不堪設想。」

就在王工出門的這會兒功夫，紅點繼續增多，幾乎是翻倍式地增長，此時放眼望去，螢幕上已經看不到幾個正常的亮點了。就是個傻子，也應該知道事情有些不對頭了。

趙市長的臉色很難看，朝門口走去，他要去指揮室親自看一看，到底發生了什麼事情。

旁邊的房間，便是回應中心的指揮室，房間的牆壁上，掛滿了大大小小上百個螢幕，每個螢幕上顯示的就是一個部門的網路運行狀況，此時幾乎是所有的螢幕都在閃來閃去。

「什麼情況？」王工急急問道。

「王工，各部門的網路都被駭客攻陷，而且還有繼續蔓延的趨勢，目前我們還不知道對方是誰，也不知道他是利用什麼手段攻陷我們的網路。」有人立刻回答了王工的問題。

王工的頭上開始出汗了，不過他還算冷靜，道：

「大家不要慌，這可能是我們的系統自己出了錯誤，就算是真被駭客入侵了，駭客也拿不到許可權。」

王工想了想，「現在啟動緊急通信方案，和各個部門的通信伺服器聯繫，確認他們是否遭到了駭客攻擊！」

「試了！」那人有些喪氣，「能聯繫上，但沒有消息送回。」

王工心頭便冒起一種不祥的預感，難道真是被駭客入侵了，這駭客未免也太厲害了，我們這邊的網路剛剛連通，他那邊就掐著點過來了，他想幹什麼呢？

「不對，不對！」王工連連搖頭，「如果想入侵，那這駭客早就入侵了，為什麼非要等到各部門的網路和響應中心連通之後呢，難道說他的目標是回應中心？」

想到這裏，王工不禁心中一凜，驚出了一身的冷汗，大叫一聲：

「趕緊切斷和各部門網路的連接！」

說完，王工直奔指揮台，手剛碰到鍵盤，就見指揮台的電腦螢幕一黑，上面彈出一行字：

「進入緊急回應狀態，十分鐘後，可憑許可權密碼恢復正常狀態！」

「匡！」

王工一拳砸碎了鍵盤，對手的攻擊目標果然是回應中心，現在回應中心的系統也認為自己有危險，隨即進入了緊急狀態，現在別說是駭客，就連自己，也無法對系統的運行做出絲毫改變。

最要命的是，系統現在肯定以為所有的部門都遭受到了駭客攻擊，為了保證城市秩序不出現紊亂，系統可能會發出一連串的應變措施，天知道它會發出什麼命令。

「到底發生了什麼事？」趙市長怒氣沖沖地走了進來。

王工看著螢幕，無話可說，這個自己親手設計的回應機制，本來是為了防止駭客的攻擊，現在卻把整個城市綁架了，他要怎麼對市長解釋呢。

劉嘯此時就站在自己的家裏，從窗戶往外望去，他看見所有路口的交通指示燈都變成了紅色，所有的車子都趴在路上，焦急地等著燈號變綠。

沒有人知道這是怎麼回事。不到兩分鐘的時間，警笛大作，海城所有的員警都出動了，走上街頭來維持秩序，防止騷亂。

劉嘯嘆了口氣，即便目光被遠處的高樓阻擋，他也能知道，在那些高樓的遠處，所有的化工廠、電廠已經閉爐停產；所有的銀行暫停交易；地面之下，地鐵停運；城市之外，飛機場的航空塔台也停止了運轉，所有飛機將不能升空。

而這一切，都是那個所謂的緊急預警機制，為了防止駭客對這些目標進行惡意破壞而做出的預防措施。

從發動攻擊的那一刻起，劉嘯就知道自己已沒有回頭路了，他不知道自己這樣做究竟是對還是錯，或許真正的駭客之路就是這樣。從凱文‧米特尼克到國內的五大高手，他們也不是從一開始就有發言權，他們都是靠著一個個的傳奇故事讓世人為之矚目。

劉嘯又嘆了口氣，自己和五大高手不同，自己攻擊的目標是海城市府，怕是自己以後也要和凱文．米特尼克一樣，走上千里逃亡之路了。

看看路口的交通指示燈已經恢復了正常，劉嘯知道回應中心的自動干預機制已經到期，現在他們應該知道這是有人故意製造的，估計已經切斷了回應中心和各部門的聯繫，去修改回應機制的規則了。

劉嘯咬了咬牙，「媽的！早做準備吧！」一起身回到電腦前，將自己電腦上所有的東西都轉移到網上，然後清空了所有的記錄。

第二天就是周日，劉嘯起來就去了市天文館，這是他和熊老闆約好的，就算劉嘯知道自己此時可能被追查了，但答應了別人的事，他就不會反悔。

意外的是，熊老闆這次卻早早地到了，站在車子旁，夾著一根菸，不停地踱來踱去，腳底下踩了七八根長長的菸頭，都是沒吸幾口的。

「熊先生，早！」劉嘯遠遠地打著招呼。

熊老闆扔掉手裏的菸頭，直奔過來，「你怎麼還敢出現啊？」

劉嘯笑道：「熊先生你這話是怎麼講的，我為什麼不能出現？咱們不是說好的今天這裏見面嘛！」

熊老闆將劉嘯拽到一旁，壓低了聲音，「你給我說實話，昨天的事情，是不是你幹的？」

劉嘯臉上的表情比熊老闆還要驚訝，「昨天什麼事情？呵呵，熊老闆，你今天怎麼說話老是莫名其妙的。」

劉嘯當然是打死也不會主動承認這事的，這又不是個敢作敢當的事，如果真能敢作敢當，那當年邪劍也不會跑國外躲那麼多年了。

熊老闆在劉嘯的臉上仔細打量了一番，確定劉嘯真的不是在故意偽裝，才鬆了口氣：

「看來這事真不是你幹的，不過事情還真讓你說對了，昨天市府的網路被駭客攻擊了，那個什麼緊急回應機制果然是出了大問題，瞎指揮，市裡都亂成一鍋粥了，萬幸的是，問題很快就解決了。」

劉嘯一臉平靜，「這事我早就說了，遲早的事罷了。」

熊老闆嘆氣，「這事也怪我，我沒有想到事情真會有這麼嚴重。早知如此，我那天就不應該帶你去見那個老禿子，直接帶你去見市長了。」

「這事就別提了！」劉嘯皺眉，「一提我就窩火！」

「好好，不提就不提！」熊老闆再次壓低聲音，「不過，有些話我還是要提醒你，那事你再沒有跟別人提起吧？」

「沒有，就跟你和那禿頭說過。」

「那就好，那就好！」熊老闆連連點頭，「我估計那老禿子是不敢把這事說出去的，萬一上面真追究起來，老禿子也得擔個瀆職的責任，只要你沒對別人說起過，我就放心了。唉，你不懂這裏面的道道，有時候，咱們不得不防，咱們是問心無愧，但防不住有人存心栽贓。」

「我知道，沒事！」劉嘯笑笑，「孩子來了沒？」

「來了，在車裏呢！」熊老闆回頭看著自己的車，「來的時候，我心裏還直打鼓，盼你來，又怕你來，現在我總算是可以放心了。」

「那我們就進去吧！」

劉嘯率先朝車子走了過去。其實他心裏很感激熊先生，自己和他交情並不深，萍水相逢，人家能這麼為自己操心，這份情義，確實難得。這樣有情有義之人，走到哪裡都是個人物，也難怪熊先生的事業能搞那麼大。

熊先生敲了敲車子，車門打開，從上面下來一個十三四歲的男孩，一臉的不樂意。

「你這孩子，怎麼這麼沒禮貌，叫人啊！」熊老闆指著劉嘯，「這是你劉叔叔，你不是不服嘛，我告訴你，你劉叔叔的技術比你厲害多了，你的那點小把戲，你劉叔叔當時只隨便一瞥，就發現了。」

小孩哼了一聲，不理不睬。

「這孩子……」熊先生有點急了。

劉嘯攔住熊先生，笑道：「沒事，我們先進去再說吧！」

劉嘯早在這裏預定好了一個觀望台，進門之後，他問清楚觀望台位置所在，就領著熊氏父子走了過去。

小孩或許以前沒見過那麼大號的天文望遠鏡，有些好奇，想上去摸摸，但一想劉嘯可是要來給自己訓話的，就端住了架子，杵在那裏，裝著毫不在意的樣子。

劉嘯也不理他，趴在望遠鏡上一陣調試，好半天功夫，才把眼睛從望遠鏡上收回，拍拍手，道：「好了，來，你來看看。」

小孩沒動，熊先生就推了一把，「你劉叔叔讓你看，你就看，沒聽見啊！」

小孩這才極不情願地挪了過去，眼睛往上一搭，嘴裏嘟囔道：「有什麼呀，不就是星星嘛！」嘴上這麼說，手卻想調整望遠鏡的方向，想看看其他位置有什麼。

「別動，別動，呵呵！」劉嘯一把按住了，道：「你說說看，你看到了什麼，最中間，被我鎖定了的那個。」

小孩又看了一會兒，「沒什麼，不就一顆星星嘛，也就比平時看到的大一號。」

「看清楚了？」劉嘯問。

「看清楚了！」小孩回答。

「那好！」劉嘯鬆開了手，「知道這顆星星叫什麼名字嗎？」

小孩把眼睛收回來，「我管它叫什麼名字！」

「這顆星星的名字叫做托瓦茲（Torvalds）！」劉嘯看著小孩，笑呵呵地問道：「托瓦茲是個人名，或許你不知道他是誰，但他創造的東西你一定知道，這個人創造了Linux作業系統。」

「呀！」小孩驚叫一聲，然後又趴在望遠鏡上看了起來，「你沒騙我？」

「我為什麼要騙你！」劉嘯笑呵呵地說著，「托瓦茲是我的偶像，他是世界上最著名的駭客之一。上學的時候，我曾夢想，希望有一天，地球之外的某個星球會以我的名字來命名。」劉嘯搖頭嘆息，「可惜，托瓦茲做到了，我卻做不到。」

小孩把目光收回，似乎是受了感染，他滿臉興奮，他以前還不知道駭客能有這麼大的成就，大得可以飛出地球之外。

劉嘯看著那孩子，他能理解這孩子此時的心情，自己也是從那個盲目崇拜的年齡走過來的，記得自己第一次知道托瓦茲的傳奇時，自己也是激動得睡不著覺，也就是從那時候起，自己對駭客起了興趣。

「我聽說你也喜歡駭客？」劉嘯問。

劉嘯這一問，小孩回過神來了，又一臉的不在乎，「是呀，可我不喜歡托瓦茲。」

「你喜歡凱文・米特尼克，對吧？」劉嘯笑呵呵地看著那孩子。

孩子狐疑地看著劉嘯，「你怎麼知道？」

「凱文當年成功入侵美國北美防務指揮中心的時候，也就你這麼大，你能不崇拜嗎？」劉嘯笑著，「你心裏或許還在想，要是自己也能辦到那該多好啊！」

小孩不屑地把頭扭到了一邊，大概是心裏的心事被猜中，有些不好意思。

「我問你個問題，你覺得你的技術好？還是凱文的技術好？」劉嘯又問。

「廢話！」小孩哧了口氣，「凱文是世界頭號駭客，如果我的技術比他好，那我此刻就不會站在這裏了。」

「那你此刻應該站在哪裡？」劉嘯笑吟吟地看著那孩子，良久，才慢吞吞道：「我想你此刻大概會待在大牢裏吧！」

此話一出，熊老闆變了變臉色。

那孩子大概也沒想到劉嘯會這麼說，傻愣愣看著劉嘯，「你……」

「凱文那樣厲害的人，尚且要被美國的安全專家追得流亡各地，雖然潛伏多年，但最終還是被人逮到，老老實實地做了幾年的牢。」劉嘯看看那孩子，「你認為你能比凱文強麼？」

孩子不吭聲。

「呵呵，凱文這樣的天才也曾百密一疏，讓美國的安全專家捕捉到了他的行蹤，你竟然敢說自己的計畫是天衣無縫。」劉嘯奇怪地看孩子，哈哈笑著，「我實在想不出，在一台小小的家用電腦上，你能玩出什麼樣的花樣。」

小孩徹底無言，他是真辯不過劉嘯。

「好了！別杵著了！」劉嘯過去拍拍那孩子的肩膀，笑道：「我說這些不是想打擊你，而是要告訴你，這個世界上沒有絕對的事情，人在做，天在看，沒有什麼事情永遠不會被發現。而駭客要做的事情，就是去讓自己的行為無限度地接近完美。我很佩服你的自信，如果你真的喜歡駭客，那就去努力吧，你比那時的凱文還要年輕，潛力無限。」

那孩子有點不好意思，劉嘯從頭至尾，都沒有指出他在那台機子上的失誤之處，但已經讓他服氣了，偶像凱文都會出錯，何況自己呢。

「知道我今天為什麼要在這裏給你說這番話嗎？」劉嘯拍拍那架望遠鏡，「我是想告訴你，同樣是兩個絕世的天才駭客，托瓦茲將被人們永遠銘記，人們用一顆行星來表明他對人類的貢獻。我們，甚至是我們的後人，今後還會繼續使用托瓦茲設計的作業系統；而凱文最後得到了什麼？他風光一時，出盡風頭，但十年的鐵窗生涯也徹底斷送了他在駭客上的天賦。你還小，我不想你從一開始就走上一條浮躁的駭客之路。」

「我懂了！」那孩子點了點頭。

孩子的工作做通了，但劉嘯卻更加傷感，其實從一開始，他就打算將來也要做托瓦茲那樣的駭客，可沒想到陰差陽錯，自己今天卻走上了凱文的老路。

劉嘯抬頭仰望蒼穹，唏噓不已，嘴裏低聲喃喃道：「如果有一個人睡著了，你死活都叫不醒他，最後也只能去打醒他了。唉，無奈啊……」

「呃？」孩子有些不解，「這話也是對我說的嗎？」

熊老闆聽到這話，身形為之一顫，劉嘯這話是什麼意思？

劉嘯搖頭，「好了，我們回去吧。」說完，他拍了拍孩子的肩膀，「回去好好想想，看自己上次到底疏忽在哪裡，如果實在想不出，那你再來找我。」

「劉嘯，謝謝你了！」出了天文館的大門，熊老闆向劉嘯道謝。

「熊先生這麼客氣幹什麼，這事也是因為我才惹出的，自然要由我來解決才對。」劉嘯笑著。

「你不要老是這麼客氣，以後就叫我熊大哥、熊哥，都可以！」熊先生看司機把車開了過來，「走吧，我送你回去。」

「不了，我還有點事要去辦！」劉嘯推辭了，「你們回吧。」

熊老闆不放心地看了劉嘯兩眼，劉嘯剛才的那句話，讓他覺得劉嘯沒跟自己說實話，但他又不能逼劉嘯說實話，思索片刻，沉眉道：

「那好，你先去忙吧。還有，如果有什麼事解決不了，一定記得通知我。」熊老闆又再叮囑道。

看熊老闆走遠，劉嘯轉身在街邊溜達起來，他什麼事也沒有，就是有些心煩，他得好好考慮一下自己接下來要怎麼辦，是按部就班地上班，還是早做打算，溜之大吉。

溜達到街口的時候，手機響了，劉嘯掏出來一看，是劉晨打來的，劉嘯心裏咯登了一下，劉晨這時候來打電話找自己，不會是發現了什麼吧，劉嘯一時也想不好該不該接。

站在街口，愁眉苦臉地盯了手機半天，劉嘯最後還是決定把電話接起，萬一不是說這事呢？就算是說這事，自己不接電話，那不明擺著是心虛嘛。

拿定主意，劉嘯接起電話，「喂，我是劉嘯！」

「我知道你是劉嘯！」劉晨有點生氣，「怎麼半天不接電話啊！」

「沒聽見，在街上閒溜達，人太多，很吵！」劉嘯回答。

「你不上班啊？」劉晨反問，嘀嘀咕咕道：「還真有閒情逸致！」

「這……這不周日嗎？」劉嘯可算是想起來了，「周日不上班！你找我有事啊？」

「沒事，找你告別來了，我要回封明了。」

「咦？」劉嘯非常驚訝，「不是說要搞演習嗎？」

「演習取消了！」劉晨似乎也有些心煩，「你現在在哪？我去找你，來海城我都還沒逛過街呢，逛完了我就可以回封明了，也不算白來一趟。」

劉嘯抬手看了看路牌，「沿江路北口！」

「好，你在那等我，我一會兒就到！」劉晨說完掛了電話。

收起電話，劉嘯有點納悶，演習怎麼會取消了呢？難道就因為自己昨天的搗亂？如果真是這樣的話，那這幫人也太脆弱了吧，自己也沒有造成什麼大的危害啊！

現在可好，一幫人都等著呢，一四〇部隊之流好不容易碰到這麼一個實戰演習的機會，還想趁機檢驗一下自己的身手，順便得到一些城市遭受駭客攻擊所能造成危害的準確資料；那些閒得沒事幹的駭客組織想靠這次演習擴大知名度；海城市也想檢驗一下自己的安全部隊和城市公共系統在遭遇駭客攻擊時的反應速度和應對能力，這下可好，全都沒戲了。

劉嘯深感自己「罪孽深重」，坐在路邊直嘆氣：「怎麼會這樣呢！」

大概過了半個小時，劉晨來了，今天她難得沒穿警服，一身休閒服，戴著一副大大的太陽眼鏡，時尚得很，劉嘯差點沒認出來。

劉晨站在路口，左右看了看道：「不是吧，這裏啥都沒有，你在這裏逛什麼呢！」

劉嘯聳聳肩，「我就是出來曬曬太陽！」

劉晨笑著打量著劉嘯，「曬太陽？真是服了你！」

「得，來也來了，現在怎辦？」劉嘯看看前方，「要不就壓壓馬路吧！」

「不壓，我可沒你那境界。」劉晨在街上搜尋了一遍，道：「那邊有個茶館，我們過去坐坐好了。」

「好！」劉嘯立馬答應，他正好要向劉晨打聽些消息，茶館裏安靜，也方便說話。

點好了茶，劉嘯就問道：「你們那演習真不搞了？為什麼呢？」

「時機不成熟！」劉晨嗑著瓜子，「也不是不搞了，上面的意思是，再往後延一延，等技術再為成熟一點，演習還是要搞的。」

「這樣啊！」劉嘯沒有得到自己想要知道的答案，劉晨這話等於沒說，滴水不漏，「真有意思，把你們都從全國各地調來了，海城的網路也改造完成了，說不演習就不演習了。」

「呵呵。」劉晨突然笑了起來，「我還是跟你說實話吧，其實，我們這次的演習是讓人給攪局了。」

「誰？」劉嘯明知故問。

「現在我們還不知道！」劉晨拍拍手，「不過，此人絕對是位厲害的人物！昨天，海城網路改造後第一次做聯網測試，那人就跑來發飆，海城上下大小一百四十多個部門的網路同時受到攻擊。」

劉嘯咂舌，「強人吶！那後來呢？」

「後來？」劉晨說到這裏，有點不服氣，道：「我們是第一次測試，經驗不足，也存了僥倖心理，認為這大概是系統的誤報，結果一耽誤，網路指揮中心的緊急預警機制自動啟動，發佈了一系列預防措施，讓海城時間整整停滯了十分鐘。」

劉晨瓜子也不嗑了，坐在那裏生氣，「說起這個就很窩火。對了，你也是這個圈子裏混的，你幫我分析分析，這個人會是誰？」

劉晨看著劉嘯。

劉嘯心裏匡噹一下，趕緊道：「我怎麼會知道呢，這事我都是剛聽說。」

「真不知道？」劉晨有些失望，「那你現在想想！」

劉嘯搖頭，「想不出！」

「唉，算了！我都不知道，你又怎麼會知道！」劉晨一臉納悶，「不過，我就奇怪了，這個圈子裏竟然還有我不知道的能人。根據我的分析，這人肯定不在我們邀請過的那些人裏頭，一定是我們沒邀請他，他心裏不爽，所以借機給我們一點麻煩，可我就是想不出會是誰。」

劉嘯咳了兩聲，「那你們就是因為這個不演習了？」

「沒法演了！」劉晨嘆道，「預先設計的緊急回應機制存在如此大的漏洞，這演習肯定是沒法搞了，負責設計海城網路指揮系統的總工程師已經決定重新設計系統，也不知道什麼時候能做好，演習只好就此擱淺。唉，我還以為這次到海城來能夠長點見識呢，沒想到就走了個過場。」

「也別灰心啊，說不定演習很快就要繼續呢！」劉嘯安慰道。

「我看很難了！」劉晨擺了擺手，「不然也不會把我們全部遣散了。」

劉嘯沒說話，憋了半天，「那回到封明後有什麼打算，繼續追查那個搗亂的人？」

劉晨抿了口茶，「那也輪不到我去查，不過估計永遠也查不出來了。」

「為啥？」劉嘯有些奇怪，不知道劉晨這話是什麼意思。

「以總工程師為首的技術派認為，這次的駭客攻擊不帶有明顯的惡意，是屬於善意的提醒，雖然他們也想知道這名駭客的身分，但是他們主張不要去追究駭客的責任；但海城市府一方的行政派則認為，駭客的這種行為是在嚴重破壞海城的發展和秩序，是對海城市府權威性的蓄意挑釁，他們主張嚴查駭客身分，追究駭客責任。」

劉晨笑了起來，「我看在這兩派的意見沒有達到統一之前，技術派是不會有所行動的，而行政派的雖然叫得歡，但要想追查出駭客蹤跡，卻也離不開技術派的支援。」

劉嘯心中大喜，這麼說，自己基本上是沒有什麼危險了，自己下手之前就做了兩天的準備，可以說是乾淨俐落，不會給那些技術派留下什麼線索，現在他們這麼一鬥，等鬥出了結果，估計就是有線索，那也早已找尋不到了。

「可惜，可惜！」劉嘯一臉惋惜，「到底也不知道這位高人是誰啊！」

「他肯定還會再露面的，遲早能知道！」劉晨恨恨地說道，一大幫所謂的全國精英們讓一個不知名的人耍了，劉晨自然是極度不爽。

劉嘯趕緊拿起茶杯，裝作是喝茶，心道：會再露面才怪呢，我不露面，難道你還能逼著我露面不成。

兩人又聊了些駭客圈內的八卦新聞，最後看看確實時間不早了，劉晨才說了告辭的話，她還得回去收拾東西，不然就誤了飛回封明的點。讓劉嘯騙到了這偏僻的地界，她的逛街計畫算是徹底失敗了，海城之行是一無所獲啊。

送走劉晨，劉嘯覺得渾身都輕鬆了不少，在茶館待了一天，喝得肚子都脹，劉嘯決定再去街上溜達一會兒，路過一個廣場，看見廣場的大螢幕上正在播送新聞，剛好就是關於昨天「海城十分鐘」的報導，不瞭解情況的海城人們議論紛紛，謠言四起，海城市府不得不出來公開「闢謠」。

「我市於昨日上午十時，成功地進行了一場代號為『城市風暴』的網路反恐演習。演習中，作為攻擊方的駭客，攻陷了我市大量職能部門的網路，我市行政指揮系統陷入癱瘓狀態。駭客們進一步進攻，企圖破壞我市的交通、金融、電力、化工等重要設施，一旦駭客得逞，我市情況將不堪設想。此時，我市新建設的網路緊急回應機制瞬間啟動，成功地發出了一道道指令，確保了我市重要設施的安全，一舉粉碎了駭客們的攻擊計畫。根據有關部門的統計，這次演習並沒有對我市的正常秩序造成較大影響，也沒有人員在此次演習中傷亡。

另根據本台剛剛從市府有關領導那裏得到的消息，市裡對本次演習的成績極為滿意，等待時機成熟之後，我市將會舉行新一輪的網路反恐演習，屆時演習內容將會假設我市的重要公共設施已經被駭客破壞，以檢驗我市在突發網路恐怖襲擊中的應變能力。據稱，下次演習，將不會對我市的實際網路產生絲毫影響。」

「靠！」劉嘯眼鏡跌破，海城市府的這位「有關領導」才是神吶，解釋得是熱血沸騰、有攻有守、天衣無縫。

請續看《首席駭客》三 幕後高人

首席駭客 二 終極密碼

作者：銀河九天
發行人：陳曉林
出版所：風雲時代出版股份有限公司
地址：105台北市民生東路五段178號7樓之3
風雲書網：http://www.eastbooks.com.tw
官方部落格：http://eastbooks.pixnet.net/blog
Facebook：http://www.facebook.com/h7560949
信箱：h7560949@ms15.hinet.net
郵撥帳號：12043291
服務專線：(02)27560949
傳真專線：(02)27653799
執行主編：朱墨菲
美術編輯：吳宗潔

法律顧問：永然法律事務所 李永然律師
北辰著作權事務所 蕭雄淋律師

版權授權：蔡雷平
初版日期：2015年7月
初版二刷：2015年7月20日
ISBN：978-986-352-180-8

總經銷：成信文化事業股份有限公司
地　址：新北市新店區中正路四維巷二弄2號4樓
電　話：(02)2219-2080

行政院新聞局局版台業字第3595號 營利事業統一編號22759935

定價：280元　特惠價：199元

國家圖書館出版品預行編目資料

首席駭客／銀河九天 著. -- 初版. -- 臺北市：
風雲時代，2015.04-　冊；公分

ISBN 978-986-352-180-8（第2冊；平裝）

857.7　　104005339